FOLIO JUNIOR

Titre original : *Manolito on the road*
Édition originale publiée par Santillana S. A., Madrid, 1998

Elvira Lindo

MANOLITO PART EN VOYAGE

Illustrations de Emilio Urberuaga

Traduit de l'espagnol
par Virginia López-Ballesteros et Olivier Malthet

Gallimard Jeunesse

A mon fils Miguel,
qui se réveille toujours avec le sourire.

Un jour que j'étais en train de faire la queue pour aller voir *Zorro*, qui passait dans un cinéma de Carabanchel, un gars s'est approché de moi et m'a demandé sans se gêner :

– Dis-moi, mec, tu ne serais pas Manolito le Binoclard ?

J'ai répondu à cet enfant que oui c'était moi et comment il le savait. Et cet enfant m'a dit qu'il l'avait deviné à cause de mes lunettes, parce que je les portais attachées avec un élastique, parce que je tenais le Bêta par la main, à cause des oreilles de Grandes Oreilles qui était à côté de moi, parce qu'il y avait un crâneur avec moi, qui devait être Yihad, et aussi parce que j'étais accompagné de deux garçons manqués, certainement Susana Culotte-Sale et Mélody Martínez.

Nous sommes tous restés hallucinés par l'intelligence surnaturelle de cet enfant devin et nous l'avons encerclé pour lui poser des questions sur nos vies et il savait tout sur tout, car il avait lu les quatre volumes qui ont été écrits sur ma vie.

L'enfant devin a brillamment répondu à tous les tests : sur Louisa, sur les tapes avec effet à retardement de ma mère, sur la prostate de mon grand-père ou sur les perruques de mon parrain Barnabé, mais là où il n'a su répondre à aucune question ç'a été sur mon père, car il m'a expliqué qu'il ne l'avait jamais vu dans aucun chapitre de mon horrible vie. Tous mes amis, qui en plus d'être mes amis sont des cochons et des traîtres, ont été d'accord avec lui et ont dit en chœur :

– C'est vrai, c'est vrai, tu ne le montres jamais.

La vérité c'est que si je ne le montre pas c'est parce que mon père ne se plaint jamais, qu'il n'est pas comme les autres qui me cassent toujours les pieds pour que je raconte telle ou telle chose. Aussi ce livre je l'ai surtout dédié à lui, car cet été il m'est arrivé le genre de truc qui n'arrive qu'une fois dans la vie, et mon père est le deuxième héros de l'histoire, le premier étant moi, et les autres les mêmes que d'habitude : le Bêta, mon grand-père, Grandes'O, Louisa, ma mère, Mélody, Yihad… Il faut dire que, si je ne les montre pas dans tous mes livres, ils se vexent et ne me parlent plus, je n'ai donc vraiment pas le choix. Ça doit être pour ça que les volumes de ma vie sont toujours pleins de gens, pour ne fâcher personne et ne pas me retrouver sans amis. Mon grand-père me dit :

– Ah, Manolito, tu es vraiment une bonne poire…

C'est vrai, je suis le type le plus bon que je connaisse.

Première partie

AU REVOIR, CARABANCHEL

Tu ne vas pas me croire. Ces choses-là n'arrivent qu'aux enfants que l'on voit dans les films, mais dans la vraie vie des habitants de la planète Terre, cela n'arrive jamais. Une fois que tu auras écouté mon incroyable histoire jusqu'au bout, si tu oses affirmer, la main sur la Bible, devant un tribunal qu'il t'est arrivé des choses encore plus effrayantes que celles qui me sont arrivées, alors je devrai rester muet comme un mort pour le restant de mes jours.

Je ne sais pas par où commencer. Par où commence-t-on une histoire de ce genre ? D'après mon grand-père, à qui je l'ai racontée pas moins de quinze fois (et qui est toujours en train de me la redemander), le début serait la fois où mes parents ont discuté du voyage à Cuenca. Ce serait ça le début des temps. Je commencerai donc par là :

C'était un samedi en été, et ce samedi-là de cet été-là mon père avait enfin décidé, après quelques années sans vacances, d'arrêter son travail pour rester dix jours avec nous à Carabanchel. Je n'ai pas de souvenirs de mon père en vacances, en fait si, lorsque le Bêta est né il est resté deux jours à l'hôpital avec son camion garé devant la porte, et il a eu une super grosse amende, et ma mère s'est mise à pleurer en serrant dans ses bras le Bêta à peine né, et moi aussi je me suis mis à pleurer. Au début, j'ai cru que nous pleurions à cause de mon petit frère qui était très laid, puis après j'ai compris que nous pleurions à cause de l'amende car ma mère a dit :

– Ce camion va nous ruiner, il faut le vendre.

Et j'ai alors pleuré avec un hoquet incontrôlable parce que notre camion je l'aime plus que certaines personnes que je connais, je l'aime autant que mon père et ma mère, et je l'aime un peu moins que mon grand-père. En fait le classement serait le suivant :

Grand-père Nicolas
Camion Manolito
Le Bêta
Mon père et ma mère
Barnabé et Louisa (mes voisins)
Bonie (la chienne de Louisa)
Mélody Martínez (qui est à moi)
Grandes Oreilles López
Mes autres amis
Yihad (un crâneur qui me frappe)
Gens de Carabanchel

Une fois j'ai montré cette liste à ma mère mais, comme je sais qu'elle est du genre à se vexer pour n'importe quoi, je l'ai mise à la place numéro 1, car ma mère est de ces mères qui disent qu'une mère est ce que l'on aime le plus au monde (mondial). Ma mère en premier, mon père je l'ai laissé en quatrième parce qu'il se fiche pas mal de ces choses-là. Et lorsqu'il est revenu le week-end, ma mère a sorti la liste et la lui a mise sous le nez.

– Évidemment, Manolo, essaye de le comprendre. Comment ton fils ne te mettrait pas en quatrième position si tu n'es jamais à la maison !

C'est vrai, mon père n'est jamais à la maison et nous promet toujours qu'un jour nous irons nous tremper les pieds tous ensemble dans l'eau de la mer.

Bon, eh bien figure-toi que cela m'arrivait ce samedi-là de cet été-là et que mon père allait rester dix jours avec nous, qu'il ne pouvait pas nous emmener à la plage, mais qu'il allait nous emmener au zoo et au parc d'attractions et à la piscine, qui sont à cinq minutes de chez nous. Et ce samedi historique de ma vie, pendant qu'il se rasait, moi et le Bêta nous avons pris notre petit déjeuner sur les tabourets de la cuisine. Le Bêta, au cas où tu ne le saurais pas encore, est mon petit frère. Je ne l'appelle pas le Bêta par manque de respect, je l'appelle le Bêta parce qu'au début ça me gonflait qu'il vienne au monde. Avant sa naissance, j'étais le chouchou de mon père et le chouchou de ma mère. Maintenant je suis seulement le chouchou de mon grand-père Nicolas mais, vu le peu d'importance qu'a mon grand-père à la maison, je suis un chouchou sans grande influence. Maintenant le Bêta a quatre ans et, bien sûr, à force de le voir je commence à l'aimer un peu plus, mais le problème c'est que je ne me souviens jamais de son vrai nom. D'ailleurs il est très content de son surnom, vraiment. La preuve, pas plus tard que l'autre jour ma mère lui a dit :

– Nicolas, ne fais pas ça.

Elle l'appelle Nicolas parce qu'il doit très certainement s'appeler Nicolas.

Et le Bêta a répliqué :

– Bébé est pas Nicolas ! Bébé est le Bêta !

Ces choses-là n'arrivent que si tu réussis à ce que ton petit frère t'admire sincèrement, et mon frère m'admire, pratiquement tout ce que je fais lui paraît bien. C'est mon seul fan sur Terre.

Ainsi donc, comme je te le disais, le Bêta et moi nous étions en train de prendre notre petit déjeuner en slip, car en été nous prenons toujours notre petit déjeuner en slip. Ma mère est pour, elle dit que c'est toujours plus facile de laver une poitrine pleine de Nesquik qu'un tee-shirt. Le Bêta et moi nous sommes pour nous barbouiller de Nesquik tous les jours, si nous ne le faisons pas, nous avons comme un vide dans l'estomac et de la tristesse au cœur durant toute la journée. Je te le jure.

Nous étions sur le point de boire la dernière gorgée, celle où il reste tout le chocolat, quand soudain le téléphone a sonné : le Bêta a été pris d'une peur bleue et a lâché son verre plein de chocolat, qui est tombé en mille morceaux sur le sol de la cuisine. Le Bêta s'est mis à pleurer. Il fait toujours ça quand il casse un verre, et il le fait sans arrêt, pleurer et casser des verres. Ma mère lui a donné une tape et il s'est mis à pleurer encore plus fort. Moi j'ai commencé à avoir un rire bête car, tu as beau être sympa, tu ne peux pas t'empêcher d'être un peu content quand celui qui reçoit la tape c'est un autre et pas toi. Et surtout, c'est encore plus drôle si cet autre c'est ton frère. C'est une grande joie. Mais ma mère et moi nous ne rions pas des mêmes choses, et elle a décidé que le moment était arrivé pour moi d'en prendre une. Mais comble de malchance, mes lunettes se sont envolées de mes oreilles et sont tombées dans mon bol de Nesquik. En vérité, ç'a été un numéro de cirque. Les lunettes ont fait deux pirouettes dans les airs avant de tomber dans le lait. Je n'aurais pas su comment est ma mère, j'aurais applaudi mais, la connaissant, je savais qu'elle n'était pas loin de la crise de nerfs. Le Bêta ne pouvait pas s'empêcher de rigoler tout en pleurant et en disant qu'il voulait « pipi ». Dès qu'il pleure, il a envie de pisser. C'est un enfant plutôt étrange, quand ça lui prend de lâcher de l'eau ça sort par tous les côtés : nez, yeux et zizi. Ma mère a dit que personne ne remettrait les pieds par terre tant qu'il y aurait des morceaux de verre et du chocolat. Nous sommes devenus très sérieux tout en essayant de ne pas rire.

Mon père a ouvert la porte mais ma mère ne l'a pas laissé passer, elle lui a dit :

– Il ne manquerait plus que tu te coupes !

Mon père lui a répondu :
– Il faut que nous parlions.
Ma mère a dit :
– Eh bien parle de là-bas.
Et mon père a dit :
– Mais ce que je vais te dire ne va pas te plaire, je vais donc d'abord m'habiller et je te le dirai après.
Mon père aussi était en slip. C'est quelque chose que nous avons hérité de lui, quand l'été arrive, nous passons beaucoup de temps en slip, ça doit être une coutume génétique.
– Tu ne vas pas me laisser ici sans que je sache, entre et dis-moi ce qu'il y a, a dit ma mère en lui ouvrant la porte.
– Je suis pieds nus et je risque de me couper.
Tu vas penser que mes parents ont une conversation un peu barbante, que c'est toujours la même chose qui se répète, que c'est l'ennui mortel, mais je te répondrai : « Peut-être que les tiens sont plus drôles ? »
En tout cas, il était évident que mon père ne pouvait plus partir sans dire la vérité et rien que la vérité.
– Euh… voilà, on vient de m'appeler pour que j'aille demain faire des livraisons à Cuenca.
Je dois t'expliquer que mon père fait des livraisons d'un lieu à un autre. Il transporte des meubles, des articles de ménage, des vêtements, des machines à laver, tout ce que les gens veulent déménager, ça lui est égal. Tant que ça n'est pas une bombe nucléaire, mon père le transporte. Si un jour, tu vois sur la route un camion avec écrit dessus « MANOLITO », et que tu

vois un camionneur en train de conduire avec des lunettes, eh bien ce monsieur est mon père.

– A Cuenca ? a demandé ma mère, les larmes aux yeux, en attrapant le manche de la frégona*. Pour combien de jours ?

– J'ai un chargement pour Cuenca, pour Teruel, pour Zaragoza, ça ne fera donc que…

A ce moment crucial de nos vies, mon grand-père, qui venait de se lever, est entré et a dit :

– Quelqu'un a vu mon dentier ?

Mais personne ne l'a vraiment écouté, il a fait demi-tour et est reparti.

– Pour combien de jours ? a répété ma mère, sans pitié.

– Trois ou quatre.

– Mais tu m'as dit que tu prendrais quelques jours de vacances…

Mon père ne prend jamais de vacances car nous devons payer les traites du camion. C'est un camion qu'on ne termine jamais de payer. C'est un camion qui vaut des millions.

Ma mère s'est mise à pleurer et est partie avec la frégona dans sa chambre. Le Bêta et moi nous sommes restés seuls, assis, comme deux enfants abandonnés.

– Bébé va se faire pipi dessus, a-t-il dit.

Quand le Bêta dit qu'il va se faire pipi dessus, c'est qu'il va se faire pipi dessus, c'est un enfant incapable de mentir. Pour ça, il ne me ressemble pas. Je l'ai pris

---

* Frégona : balai-serpillère

comme j'ai pu dans mes bras. Je ne l'ai pas fait pour le consoler mais, vu la situation, il ne manquait plus qu'il se coupe un pied ; nous qui le connaissons nous savons qu'il ne supporte pas le sang, il devient terrible quand il a une coupure, il se met à crier comme les porcs qu'on tue dans le village de mon grand-père.

Je l'ai emmené dans la salle de bains. Il a voulu absolument faire pipi debout, comme nous faisons nous les grandes personnes. Mais il en a mis partout car, comme il n'arrive pas encore à la hauteur de la cuvette, il ne pouvait pas bien viser avec son zizi, et du coup c'est resté comme ça car la frégona et ma mère étaient enfermées toutes les deux dans la chambre (de ma mère).

Lorsque nous sommes sortis, mon père était devant la porte, et essayait de la convaincre d'ouvrir.

– Je t'en prie, Catalina, nous irons à la plage quand je reviendrai, je te le jure, Catalina.

La voix pâteuse de ma mère a résonné dans la chambre, on aurait dit qu'elle avait la frégona dans la bouche.

– Non, tu dis toujours ça et nous n'y allons jamais. Nous devons être les seuls à Carabanchel à ne jamais aller à la plage.

Carabanchel est mon quartier, un quartier de Madrid assez important, un des quartiers les plus importants d'Europe.

Le Bêta s'est mis à donner des coups de pied contre la porte de la chambre de ma mère, car il ne tolère pas qu'elle s'enferme quelque part, il doit toujours être

présent même quand elle prend sa douche, voilà pourquoi ma mère dit souvent :

– Je ne peux jamais avoir d'intimité avec ces enfants.

Nous étions tous devant la porte à attendre qu'elle ouvre. Mon grand-père aussi, qui était venu demander une nouvelle fois où étaient ses dents. Enfin, ma mère s'est décidée à ouvrir la porte à son public.

– Je finirai comme tous les étés, seule, avec ces deux-là et le grand-père, à arroser les plantes des voisines...

Et elle s'est mise à parler, à beaucoup parler, avec la frégona à la main, de l'été si triste qu'elle allait passer avec nous, ne sortant que pour nous acheter une glace au parc du Pendu (c'est le parc qu'il y a devant chez moi, et qui n'a qu'un seul arbre, l'arbre du Pendu), avec la chaleur qu'il allait faire et nous qui allions lui rendre la vie impossible, nous renversant le Nesquik dessus, cassant des verres, donnant des coups de pied dans les portes, laissant des gouttes sur la cuvette des waters, nous tapant et désobéissant, comme ces deux bêtes humaines que nous sommes.

L'été de ma mère était le plus triste été de toutes les mères qui vivent sur cette Planète. J'en avais les larmes aux yeux. Lorsque le Bêta a vu que je pleurais, il s'est mis à pleurer, c'est un enfant qui doit toujours faire ce que je fais. C'est parfois un peu pénible d'être autant admiré par quelqu'un.

– Crois-moi, je t'en prie, Catalina, dès que je reviens nous partons. Je serai très bien payé, l'argent nous servira à payer deux traites du camion.

– Le camion, le camion, j'en ai marre d'entendre

parler du camion, il me sort par les oreilles le camion.

– Mais qu'est-ce que tu crois, que je m'en vais en vacances, tu crois que ça me fait plaisir de passer mes journées à manger dans des restos de routiers, seul, comme un chien, assis au volant à lutter contre le sommeil, en pensant aux enfants ?

J'étais toujours en train de pleurer, mais cette fois je ne pleurais plus pour l'été si triste de ma mère, mais pour la vie de chien solitaire de mon père. Le Bêta, lui, n'avait plus de larmes, il faisait juste le bruit de pleurer et s'était assis par terre pour jouer avec une voiture qu'il venait de trouver. En fait, le bruit des pleurs lui servait de bruit pour le moteur de la voiture. C'est un enfant qui tire toujours profit du malheur.

– Et toi, tu crois que je reste ici à passer des vacances ? a demandé ma mère. Tu t'imagines peut-être que je m'amuse ? Toute la journée, je me bats avec ces deux-là, des fois en me couchant je suis même aphone d'avoir autant crié.

– Eh bien, ne crie pas tant ! a dit mon père en criant.

– Arrête-toi déjà de crier ! a répondu ma mère en criant.

– Où est mon dentier ? a demandé mon grand-père en criant. J'ai rendez-vous pour prendre des *tapas* et je ne pourrai pas manger d'olives, ni de chips, ni d'amandes…

– Qu'est-ce que j'en sais ? a crié ma mère. Si tu n'enlevais pas ton dentier tout le temps, ça ne t'arriverait pas.

– Je crois que je vais y aller sans mes dents.

Le Bêta et moi nous nous sommes habillés à toute vitesse et nous avons couru derrière mon grand-père pour fuir la violence qui infestait l'atmosphère.

Mon grand-père était déjà au Tropezón, assis à sa table, en train de prendre son premier café de la matinée avant son premier ballon de rouge. Ce matin de ce samedi-là, le Bêta et moi nous nous sommes goinfrés car les *tapas* ayant été faites pour les gens qui ont des dents, mon grand-père nous a laissé tous les trucs gratuits que lui donnait le serveur du Tropezón, le bar le plus célèbre de mon quartier, pour se consacrer uniquement à ses ballons de rouge. Le pauvre, nous avons dû le remonter chez nous sans dents et avec la nausée. Il essayait de s'appuyer sur moi et le Bêta et nous avons failli tomber tous les trois dans l'escalier. Nous le remontions chez nous tout en sachant que ma mère flairerait l'odeur de vin rouge dès qu'elle ouvrirait la porte. Tu ne connais pas ma mère, tu la connaîtrais, tu serais d'accord avec moi pour dire qu'on pourrait la mettre comme chien policier à la douane ou à l'entrée d'Auchan. Son odorat est prodigieux. Si ma mère travaillait comme vigile devant la porte de la Maison Blanche, le président pourrait dormir tranquille.

Ma mère n'aime pas que mon grand-père remonte du bar avec la nausée car elle dit qu'un vieux comme ça c'est très laid. Elle n'aime pas non plus que mon père remonte avec la nausée car elle dit qu'un mari comme ça, c'est très laid, et elle n'aime pas non plus que les dimanches mon grand-père nous fasse tremper le pain dans une soupe de vin et de sucre car elle dit que chez un enfant c'est trois fois laid. Cela dit, lorsqu'elle prend ses vermouths le dimanche avec Louisa au Tropezón, elle ne se gêne pas pour boire. Mon grand-père me dit toujours :

– Celui qui fait la loi la fait pour la violer.

Un jour que mes parents étaient partis, mon grand-père nous a versé au Bêta et à moi du vin dans notre limonade, nous avons trinqué et nous nous sommes endormis tous les trois, la bouche ouverte sur le canapé, puis au réveil nous avons promis à mon grand-père de ne rien dire à personne.

Le fait est que rien n'arrive jamais comme on s'y attend : lorsque nous sommes remontés du Tropezón pour manger, ma mère nous a à peine regardés. Elle a mis les assiettes sur la table. Ce jour-là, que nous appellerons H comme historique, nous avons mangé du poulet comme tous les dimanches. Nos bouches se remplissaient de cuisses de poulet pendant que l'air autour de nous se remplissait de violence. Chacun regardait son assiette, rien que son assiette. Soudain, mon grand-père a brisé la glace gelée :

– Eh bien je vais vous dire une chose, si je ne retrouve pas mon dentier, je ne vais pas en racheter un autre, pour les deux années qui me restent à vivre, ça ne vaut pas la peine de dépenser d'argent.

Il ne dit pas ça pour nous embêter ou nous faire de la peine, il dit ça parce qu'il le pense. Ça m'a paru un bon sujet de conversation et j'ai dit :

– Tu n'as pas besoin d'en acheter un, attends que les dents du Bêta tombent et tu t'en feras un avec.

Le Bêta s'est mis à pleurer, il a peut-être cru que nous allions les lui arracher tout de suite, va savoir, c'est un enfant qui pleure avant de penser pourquoi il pleure. Il s'est mis à brailler très très fort, à chaude morve. Je ne rigole pas : il avait deux horribles coulées qui lui descendaient du nez et qui avançaient vers sa bouche comme la lave d'un volcan en pleine éruption.

– Punaise, maman, dis-lui de se moucher, il me dégoûte trop.

C'est vrai, la morve des autres m'a toujours beaucoup dégoûté, je ne suis tolérant qu'avec la mienne. Ma mère s'est levée et a dit :

– Toute la journée c'est pareil, quand c'est pas l'un c'est l'autre : « Maman, regarde ça, maman regarde ci. » Encore une chance que le poulet n'ait pas fini par terre, d'habitude il y a de la nourriture partout. Tous les jours c'est comme ça, mais toi bien sûr, tu ne te rends compte de rien, tu es toujours dehors. Quand c'est pas l'un qui passe la journée à pleurer…

Elle faisait allusion au Bêta.

– … c'est l'autre qui me prend la tête à me parler, une vraie prise de tête…

Elle faisait allusion à moi.

– … et quand tu l'emmènes chez la psychologue, elle te répond : « La seule chose dont souffre cet enfant c'est qu'il veut parler et qu'il veut que quelqu'un l'écoute. » J'aimerais bien la voir la psychologue passer l'été entier enfermée avec nous dans cet appartement.

Voilà les dernières paroles que ma mère a prononcées ce jour H car mon père, cet être mystérieux qui ne parle jamais et qui conduit un camion, a dit sans cesser de regarder son assiette, comme s'il était en train de lire des paroles écrites sur le poulet :

– Je partirai seulement trois jours et cet argent nous le dépenserons pour aller à la plage. Et ces deux-là ne se battront pas pendant mon absence car Manolito vient avec moi.

Il y a des phrases qui ne s'oublient pas tant que tu vis, celle-là en faisait partie. Nous l'avons tous regardé avec la bouche à moitié ouverte. Ici, en Espagne, d'habitude, les routiers travaillent sans prendre leurs enfants dans leur camion, mais je ne peux pas t'assurer que c'est pareil dans tous les autres pays de la Planète Terre. Mon père a dû répéter sa phrase inoubliable pour que nous sortions de l'enchantement qui nous avait paralysés :

– Manolito vient avec moi. Mets-lui trois slips et trois tee-shirts dans mon sac, ça suffira.

D'après ma mère, j'avais besoin de plus que ça, et elle a passé l'après-midi à faire mes bagages, elle a ajouté un ciré au cas où il pleuvrait, des pulls au cas où il ferait froid, des belles chaussures au cas où l'occasion se présenterait, ma casquette pour que je n'aie pas le soleil dans la figure, elle a rempli une trousse à pharmacie en cas d'extrême urgence, avec des aspirines, des bandages, des sparadraps, un maillot de bain au cas où nous trouverions soudain une piscine, un autre maillot que je puisse mettre en sortant pour me sécher et ne pas avoir froid aux parties X de mon corps, une serviette de Popeye le Marin, du collyre au cas où j'aurais les yeux rouges à cause du chlore, un pantalon pour chaque jour, tous mes tee-shirts, toutes mes chaussettes, tous mes slips et un supervenin corporel qui foudroie sans pitié les moustiques. Je dois dire qu'à cela j'ai ajouté des jumelles, des bandes dessinées, une lampe de poche et la cassette vidéo de *La Famille Adams* : la tradition continue, au cas où nous trouverions un magnétoscope dans un endroit inattendu. En vérité, avec tous ces bagages, on aurait dit que je me préparais à traverser l'océan.

L'après-midi, j'ai appelé Grandes Oreilles López, mon grand ami bien qu'il soit parfois un traître cochon :

– Je pars demain avec mon père dans son camion pendant trois jours.

– Je peux venir ?

– Non, nous avons du travail.

– Ça ne me dérange pas, au contraire, je resterai assis dans le camion pendant que vous travaillerez.

Grandes Oreilles, mon grand ami, est comme ça. A part être un traître cochon, il a un petit défaut : il n'en fait jamais qu'à sa tête, c'est le type le plus culotté que je connaisse. Il a ce défaut et puis ses pieds sentent mauvais. Autrement il est parfait.

– Je dis à ma mère de me préparer mon sac et demain je suis devant ta porte à l'heure que dira ton père.

Quand Grandes Oreilles s'est mis une idée dans la tête, il est très difficile de le convaincre du contraire. Il m'a obligé à demander à mon père et, lorsque je l'ai fait, mon père a eu la peur de sa vie et il a répondu :

– Grandes Oreilles ? Tu me prends pour un fou ? Il ne manquerait plus que ça : Grandes Oreilles.

J'ai dit à Grandes'O qu'il ne pouvait pas venir, et il m'a répliqué :

– Je ne l'oublierai jamais.

C'est sûr qu'il n'oubliera jamais car il est du genre rancunier. Tu me diras que je suis en train de le casser, mais je préfère que ça soit moi qui le casse, moi qui suis son ami, plutôt que ça soit les autres. C'est ça l'amitié.

Le fait est que Grandes Oreilles a raccroché après avoir compris qu'il n'y avait rien à faire et j'en ai conclu que la conversation était terminée, évidemment, qu'est-ce que j'aurais pu faire d'autre ?

La nuit est tombée et tout le monde a pensé que je devais me coucher tôt, quand je dis tout le monde je veux dire ma mère. Je lui ai demandé de porter mon sac de voyage et de le mettre sur le lit. J'aimais bien le voir là et penser en même temps à une phrase que j'avais entendue dans un film : « Demain, j'entreprendrai un grand voyage. »

Ma mère m'a apporté un verre de lait et m'a dit d'un air grave :

– Manolito, mon chéri, ne te force pas à partir si tu ne veux pas. Tu peux rester, nous irons à la piscine, et puis un autre jour au zoo, et puis un autre à…

Là-dessus, mon père est entré.

– Laisse-le tranquille, Catalina, j'ai dit qu'il viendrait avec moi dans le camion, il me tiendra compagnie.

La vie est étrange quand même, un jour les gens pestent contre toi, personne ne veut de toi, tout le monde te tourne le dos et, quelques heures après, ces mêmes personnes se tuent pour être avec toi. Et, dans ces moments-là, tu as la sensation d'être un type important, indispensable pour les autres, pour l'humanité en général.

Il n'y avait plus aucun doute. Je partais. Comme m'a dit mon grand-père ce soir-là, cela se voyait à ma tête que j'étais déjà ailleurs.

J'ai mis beaucoup de temps avant de m'endormir, j'ai pris la lampe de poche et j'ai allumé mes pieds sous le drap. On aurait dit les pieds d'un mort. Cette lampe c'était celle que j'avais emportée l'été passé en colonie de vacances dans la banlieue de Coslada. Ça ne me plaisait pas du tout d'avoir des pieds de mort, et j'ai éteint la lampe. Mon grand-père, comme à son habitude, avait sa radio allumée et ronflait comme lui seul sait le faire. J'ai écouté toute l'émission sur la corrida qu'il aime beaucoup, bien qu'il ne soit jamais réveillé à l'heure où ça passe. J'ai tué d'une claque une mouche qui se trouvait sur le dos de mon grand-père, et pendant que la mouche agonisait il s'est réveillé à cause de la claque. Il y a des personnes, si tu leur donnes une claque dans le dos quand elles sont en train de dormir, elles sont mortes de peur. L'une d'elles est mon grand-père. Il s'est assis sur le lit et a mis la main sur son cœur comme si on lui avait tiré dessus.

– Elle ne te piquera plus jamais, lui ai-je dit.

Ç'a été ma dernière bonne action de ce jour H.

– Allez, Manolito, dors, mon petit gars.

Mais je suis encore resté beaucoup, beaucoup de temps réveillé car comme le rappellerait quelques jours plus tard, la voix entrecoupée de sanglots, Nicolas Moreno, le grand-père de Manolito le Binoclard – moi –, à tous les journaux et les radios du pays :

– Ce soir-là, mon petit-fils, mon Manolito, était déjà ailleurs.

Il était six heures et demie du matin quand le camion Manolito s'est arrêté net. Un enfant qui ressemblait à un explorateur en est sorti. Ça n'a pas été facile car, de même que les véritables explorateurs, l'enfant magnifique avait un sac à dos, une veste boutonnée jusqu'au cou, une gourde, un Walkman, une banane avec ses économies et une casquette à visière si grande qu'elle l'empêchait de bien voir le monde et le faisait trébucher de temps en temps. Cet enfant c'était moi et c'était la première étape de notre long voyage.

La vérité c'est que cela faisait seulement dix minutes que nous avions laissé ma mère en larmes à l'entrée, comme les mères qui disent au revoir à leurs enfants avant qu'ils partent vers une guerre cruelle. Mon père a même dû m'arracher des bras de ma mère. Ça n'a pas été facile. Ma mère pourrait travailler comme poulpe dans un aquarium, quand elle t'entoure de ses bras tu n'es jamais sûr d'en sortir vivant.

Lorsque nous sommes montés dans le camion, nous avons dû lui dire plusieurs fois au revoir avec la main : d'abord quand mon père a mis le moteur en marche,

13

puis quand le camion a commencé à rouler et ensuite quand nous avons tourné au coin. Pendant que j'agitais la main, j'avais le visage triste parce que, je ne sais pas si avec ta mère c'est pareil, la mienne elle adore ça. Si tu as une tête de malheureux pour dire au revoir, tu gagnes cinquante points. Lorsque nous l'avons perdue de vue, j'ai gardé encore un moment ma tête de malheureux et je me suis mis à compter l'argent qu'il y avait dans ma banane. Avec cette histoire de mon départ, mon grand-père m'avait donné cinquante francs, ma mère aussi et Louisa, la voisine intime de ma mère, seulement vingt-cinq. Ma mère a dit :

– Quelle générosité, elle jette l'argent par les fenêtres !

Il faut dire que tout ce que Louisa nous donne paraît peu à ma mère, car Louisa n'a pas d'enfants, et ma mère dit que l'argent qu'elle ne nous donne pas, elle le dépense à acheter n'importe quoi.

J'avais en tout cent vingt-cinq francs plus cinquante que j'avais gardés dans mon cochon. Quand je dis cochon, je veux parler de ma tirelire. En comptant l'argent, je me suis mis à penser à ce que je ferais avec. Les gens quand ils voyagent achètent toujours des cadeaux pour leur famille ou leurs amis. Un cadeau pour mon grand-père, un autre pour le Bêta puis un autre pour ma mère, et après pourquoi pas Louisa, Grandes Oreilles… Seulement si je leur achetais un cadeau à chacun, il ne me resterait plus rien. De deux choses l'une : ou les gens avaient plus d'argent que moi ou ils avaient moins de parents, sinon je ne comprends pas comment ils peuvent acheter des choses pour plaire à tout le monde. Depuis que cette idée m'était rentrée dans la tête, je devenais fou. Lorsque cela m'arrive, mon grand-père, qui est aussi sage qu'un vieux Chinois, me conseille toujours :

– Pense à autre chose.

Mon grand-père a des solutions pour les problèmes les plus terribles. Comme le dit un ami à lui, sans dents également et aussi vieux que lui :

– Nous sommes là en présence d'un grand philosophe.

Sans dents...

Quand j'ai réussi à ne plus penser à ce que j'allais faire de mes incroyables richesses, je me suis souvenu de quelque chose d'encore plus horrible. La dispute entre mes parents m'avait tellement occupé que j'en avais oublié la grande question que mon grand-père avait posée pendant la journée :

– Où sont passées mes dents ?

En fait, je l'avais entendue mais, il y a des fois tu entends quelque chose et c'est seulement bien plus tard que tu comprends ce que ça veut dire. Moi, ça m'arrive souvent parce que je suis un enfant qui n'a pas beaucoup de place dans la tête pour autant d'idées. Ma mère dit que je ferais mieux de penser à mes études et de laisser tomber ces bêtises. La vérité c'est que laisser tomber ces bêtises n'est pas aussi facile, en tout cas pour un cerveau comme le mien.

Tout cela venait du fait que je m'étais souvenu des dents de mon grand-père. Je savais où elles étaient.

Car c'est moi qui les avais cachées. En vérité, je les avais cachées pour des raisons de légitime défense. La nuit avant le jour H, mon grand-père les avait laissées dans un verre d'eau sur la petite table à côté du lit, comme à son habitude. Ensuite il avait mis son émission sur la corrida et il s'était endormi, comme à son habitude. La lumière du réverbère de la rue entrait dans la chambre et le dentier brillait dans le verre, comme si j'avais à côté de moi un être invisible dont on ne pouvait voir que le sourire. Cet être était en train de se moquer de moi. C'était un être des plus répugnants. Rien qu'avec son sourire, j'étais paralysé dans mon lit, et je ne suis pas spécialement peureux, mais il y a des sourires qui glacent le sang du type le plus dur à cuire. Soudain, dans l'obscurité, le Bêta a poussé un de ses hurlements. On se serait cru dans la maison des Monster. J'ai entendu ma mère se lever. Ce n'était pas grave, le Bêta voulait seulement de l'eau. Il est comme ça, il aime bien demander les choses de façon exagérée. La voix de ma mère disant au Bêta : « Ça suffit, rendors-toi maintenant » m'a enlevé toute crainte mais je ne voulais pas me retrouver encore seul avec l'Abominable-être-souriant. J'ai mis ma main dans le verre et j'ai pris le dentier. C'est très facile de prendre un dentier avec la main, le plus dur c'est de savoir quoi en faire après. Il n'était pas question que je dorme avec le dentier sous mon oreiller. Il aurait repris vie en plein milieu de la nuit et m'aurait mordu l'oreille. Mon cœur n'aurait pas supporté (et mon oreille non plus).

Je me suis levé avec les dents de l'Abominable-être-souriant dans la main et je me suis mis à chercher un endroit pour les laisser. Je dors sur la terrasse et la pièce la plus éloignée est la cuisine, et j'ai dirigé mes pas dans cette direction. J'ai laissé le dentier sur un fromage que mon père avait rapporté. A côté du fromage, il y avait un couteau, il y a presque toujours un couteau à côté d'un fromage. Et je me suis rendu compte que j'avais choisi le pire endroit de la maison pour laisser à son aise l'Abominable-être-souriant. La cuisine a toujours été le lieu où les assassins sans scrupules s'arment d'un couteau ou de ciseaux à nettoyer le poisson. Une nouvelle fois, mon pauvre cœur a commencé à battre à vitesse grand V.

J'ai alors eu une super idée. J'ai repris le dentier qui était sur le fromage, j'ai ouvert la porte du congélateur, je l'ai lâché au-dessus du bac à glaçons et j'ai refermé la porte d'un coup. Ouf, quel énorme soulagement ! Reste là, être-abominable, tu sauras maintenant ce que ça signifie d'avoir le sourire glacé, tu n'avais encore jamais eu à faire à un type comme moi dans ta longue carrière de délinquant.

Je suis retourné au lit en riant extérieurement et intérieurement. Le verre était là, mais ce n'était plus qu'un verre d'eau. Comme après toute cette agitation j'avais la bouche sèche, j'ai bu l'eau. Ce n'était maintenant plus qu'un verre. Et, très fier de moi, je me suis endormi.

Est-ce que c'était de ma faute moi, si j'avais oublié cet épisode terrifiant ? C'est très difficile de se souvenir de certaines choses alors que tu es en train d'écouter tes parents discuter de toi et de ton avenir. Le fait est que dix minutes après que nous avons entrepris notre grand voyage, je me suis souvenu de la terrible histoire et j'ai dit à mon père :

– Je sais où le grand-père a oublié ses dents.

Tu comprendras que mon père n'aurait pas compris ma décision d'enfermer l'Abominable-être-souriant dans le congélateur. Et ne m'aurait pas non plus remercié d'avoir sauvé toute la famille d'une fin digne de *La Nuit des morts vivants 2*, j'ai donc dû faire croire à une étourderie de mon grand-père. Rien de plus normal chez les membres de ma famille : chaque fois que quelque chose est perdu chez moi, c'est la faute de mon grand-père et à ses étourderies, lui ça ne le dérange pas et nous, ça nous laisse la conscience tranquille. Cela nous évite beaucoup de discussions.

Mon père a pensé que ce serait mieux d'appeler avant de sortir de Madrid, et il s'est donc arrêté devant une cabine téléphonique (à Carabanchel) et m'a donné une pièce. Et c'est là que l'enfant à tête d'explorateur – moi – a essayé de descendre du camion. Toutes les choses qu'il portait sur lui se sont entrechoquées en résonnant : on aurait dit qu'une vache descendait du camion avec sa cloche. Ça n'a pas été non plus très facile d'entrer dans la cabine. Je ne m'explique pas pourquoi les explorateurs s'obstinent à porter des attirails aussi encombrants. Mon père a dû me crier notre numéro de téléphone car comme d'habitude je n'appelle jamais chez moi je n'avais pas fini de l'apprendre, bien qu'il commence par un six, qui est un chiffre plus facile que les autres.

Ma mère a tout de suite décroché le téléphone, comme si elle était à côté en train d'attendre la nouvelle de sa vie, et elle a dit :

– Qu'est-ce qui se passe ?

– Rien, c'est Manolito.

– Comment vas-tu, mon chéri, comment se passe votre voyage, ça y est tu as la nausée ?

– Je n'ai pas encore eu le temps, tout à l'heure quand nous serons sur la nationale, j'aurai la nausée, je te le promets.

Il m'a semblé qu'elle était rassurée.

– Tu as déjà mangé le sandwich que je t'ai préparé ?

Voilà ma mère, elle croit que dix minutes après l'avoir quittée, tu as eu le temps de manger son sandwich et de vomir.

– Je n'ai pas eu le temps matériel.

J'aime bien dire ça : « temps matériel », dans ma classe personne ne le dit, mes parents non plus ne le disent pas, il n'y a qu'aux informations de la télé qu'on l'entend parfois.

– Comment ?

C'est là précisément que je n'ai pas eu le temps matériel de lui expliquer ce que c'était que ce temps matériel car ma pièce était finie et la communication a été coupée. J'ai dû sortir une nouvelle fois de la cabine comme une vache avec sa cloche, et mon père m'a donné plus d'argent. Puis je suis rerentré dans la cabine, mon père m'a recrié le numéro… Quelle vie !

– Les dents de grand-père sont dans le congélateur.

– Comment tu le sais ?

– Parce que grand-père les a mises là pour qu'elles soient fraîches le lendemain matin.

J'ai appris à avoir des réflexes avec ma mère quand je dois lui mentir, ses interrogatoires sont terribles, ils devraient l'engager à la Brigade Criminelle.

– Ah ton grand-père, il faut se le farcir ! Merci beaucoup, mon chéri, tu me manques déjà, n'attrape pas une insolation, mange ce qu'on te donne, parle à papa pour pas qu'il s'endorme, préviens papa avant de vomir et dis aussi à papa de ne pas oublier de…

La communication a encore été coupée. J'ai eu du mal à monter dans le camion avec tout mon barda sur le dos.

– Je lui ai parlé des dents et elle m'a répondu : « Dis à papa de ne pas oublier de bip-bip-bip », et on a été coupé, c'est grave tu crois ?

– Je ne sais pas, a dit mon père, en mettant le moteur en marche.

– Tu ne veux pas que je la rappelle pour savoir ce qu'il y a après le bip-bip-bip ?

– Noooooooooon !

C'était le non quand il commence à en avoir marre. Puis, il a changé de ton et a dit presque en criant :

– On y va, Manolito !

Je ne sais pas s'il parlait à Manolito-camion ou à Manolito-fils. Toujours est-il que nous avons entrepris tous les trois, ensemble, le même voyage.

Au bout d'un moment, mon père m'a regardé droit dans les yeux.

– Tu as besoin de garder tous ces trucs accrochés ? Un routier doit toujours être à l'aise.

Il avait raison. J'ai décroché tout ce que j'avais sur moi : le sac à dos, la gourde, les jumelles, et j'ai tout jeté derrière… Être explorateur c'était mortel comme une pelle. Je préférais être routier, comme mon père, et j'ai seulement gardé ma banane parce qu'il faut toujours rester près de son argent. J'ai remonté un peu mes manches et j'ai fait celui qui conduisait. Mon père s'est mis à rire en me regardant avec ses lunettes et moi je l'ai regardé avec les miennes. Nous étions les deux camionneurs qui se ressemblaient le plus au monde. Et moi aussi je me suis mis à rire. Pour comprendre cette histoire drôle, tu dois t'appeler Manolo comme moi, comme mon père. Je me sentais hyper-heureux.

– Maman m'a dit de te parler pour pas que tu t'endormes.

– Eh bien vas-y.

– Oui, mais de quoi je pourrais te parler ? Tu n'as pas un sujet ?

– J'en sais rien, fiston, raconte-moi ce que tu veux.

– D'accord, c'est sujet libre, comme pour les rédactions.

Mon père a poussé un petit soupir.

Je me suis mis les poings contre les tempes pour penser et, deux minutes après m'être pressé le cerveau, j'ai eu une idée.

– Ça y est, j'ai trouvé : les accidents de voiture, c'est pas mal, non ?

– Non, ça ne me plaît pas, a répondu mon père en poussant un deuxième soupir. Trouve autre chose.

– Hum, c'est la seule idée que j'ai eue.

– Écoute, Manolito, cherche tranquillement, sans te presser.

– Oui, mais si tu as un accident pendant ce temps-là ? Imagine que tu t'endors et que nous avons un accident, maman m'accusera moi.

– Manolito, m'a dit mon père très lentement et en prononçant bien tous les mots, je ne vais pas m'endormir, d'accord ?

Je me suis donné cinq minutes pour réfléchir et j'ai mis en marche l'alarme de ma montre superdigitale. Au bout des cinq minutes, je n'avais rien trouvé et l'alarme a sonné.

– Qu'est-ce que c'est que ce bruit ?

– Si tu veux que je parle, il faudra que tu me trouves un sujet, je n'ai pas d'imagination.

– Dors, nous nous arrêterons tout à l'heure pour prendre un petit déjeuner.

– Je ne peux pas.

– Pourquoi ?

– Maman a oublié de me mettre mes Chocapics.

– Manolito, tu veux être mon collègue, mon copilote pour ce voyage, oui ou non ?

– Oui.

– Tu connais beaucoup de camionneurs qui ne prennent pas de petit déjeuner au bar parce qu'il n'y a pas de Chocapics ?

– Si ça se trouve, ils n'en demandent pas parce qu'ils

savent qu'il n'y en a pas, s'il y en avait ils en demanderaient peut-être. Il suffirait qu'il y en ait un qui demande.

– Eh bien, ce ne sera pas toi. (Je ne sais pas pourquoi mais j'ai eu l'impression qu'il commençait à s'énerver.) Tu feras comme les autres, tu demanderas un gâteau ou un sandwich au fromage.

– Il y a beaucoup de fromages dans le bar où nous allons nous arrêter ?

– Oui, tout à fait, il y a beaucoup de fromages, des tas de fromages.

– Ah, je ne sais pas si tu te souviens mais, une fois, quand nous allions au village de grand-père, nous nous sommes arrêtés dans un bar où il y avait beaucoup de fromages.

– Et alors ?

– Ça me dégoûte les bars où il y a beaucoup de fromages.

Mon père m'a dit que j'étais un Je-sais-tout, je lui ai demandé ce que c'était, et il m'a expliqué qu'un Je-sais-tout était un enfant pénible qui était toujours en train d'embêter les autres personnes avec ses théories.

– Je suis comme ça ?

– Pas encore mais, si tu continues, tu vas bientôt le devenir.

Je suis resté muet en pensant que cela faisait à peine une demi-heure que j'étais avec mon père et qu'il en avait déjà marre de moi. Ma mère raconte tout le temps, qu'à première vue, j'ai l'air d'un enfant supersympathique mais qu'une fois que les gens ont passé plus de dix minutes avec moi, ils ne peuvent plus me supporter. J'ai décidé que comme mon père ne me connaissait pas vraiment bien, à part certains moments du week-end, j'allais changer de personnalité. J'allais être durant le voyage cet enfant muet et mystérieux que je n'avais jamais été. J'ai mis en marche mon chronomètre et je me suis engagé à rester vingt minutes sans parler. Mon père, qui a remarqué que j'étais silencieux, m'a demandé :

– Qu'est-ce qui t'arrive, fiston, tu t'es fait piquer par petit Ferdinand ?

A Carabanchel, cela signifie : « Tu as envie de dormir ? » Ne me demande pas pourquoi, je n'en sais rien, peut-être que petit Ferdinand est l'équivalent d'une mouche tsé-tsé carabanchéloise.

Comme je ne répondais pas, il m'a redemandé :

– Petit Ferdinand t'a piqué ?

J'étais à deux doigts de lui répondre, mais je me suis mordu la langue très fort pour ne pas le faire, parce que j'étais devenu cet enfant muet et mystérieux. Je n'ai pas dit un mot et j'ai fermé les yeux.

– Eh bien, au moins toi tu n'es pas compliqué, a dit la voix de mon père.

Mais je l'écoutais déjà comme si j'étais très loin car petit Ferdinand m'avait planté son dard mortel et, sans m'en rendre compte, je me suis endormi comme une souche.

Je me suis réveillé parce que le camion s'était arrêté et parce que mon père avait ouvert ma porte pour m'aider à descendre.

– Le camionneur en chef et son copilote doivent reprendre des forces, a dit mon père.

Lorsque nous sommes entrés dans le bar, j'ai repensé au lit que je partage avec grand-père sur la véranda, et aux petits déjeuners avec le Bêta, qui sont des petits déjeuners à haut risque car, quand il ne jette pas son verre de Nesquik par terre, il éclate de rire et les Chocapics sortent de sa bouche comme des rafales de mitraillette. Je n'exagère pas, une fois, un Chocapic m'a tapé sur le front et ma mère a dû me mettre un glaçon pour soigner la bosse. J'ai demandé à ma mère qu'elle donne au moins une tape au Bêta (j'aime participer à son éducation), mais ma mère m'a répondu que c'était de ma faute, que je n'avais qu'à pas le faire rire quand il avait la bouche pleine.

En fait, tous ces bons moments passés en famille me manquaient déjà parce que j'avais sommeil et aussi parce qu'en entrant dans le bar, j'ai vu plein de fromages huileux sur le comptoir, comme je le craignais. Mon père m'a assis à côté de ses collègues et l'un d'eux a versé dans son café au lait un verre entier de calva, comme celui dont raffole mon grand-père et, après avoir absorbé une gorgée comme un fourmilier, il s'est approché de mon visage et m'a demandé, la bouche collée à mon nez :

– Et ce petit binoclard-là à qui est-il ?

Je l'ai regardé sans lui répondre. D'abord, parce que

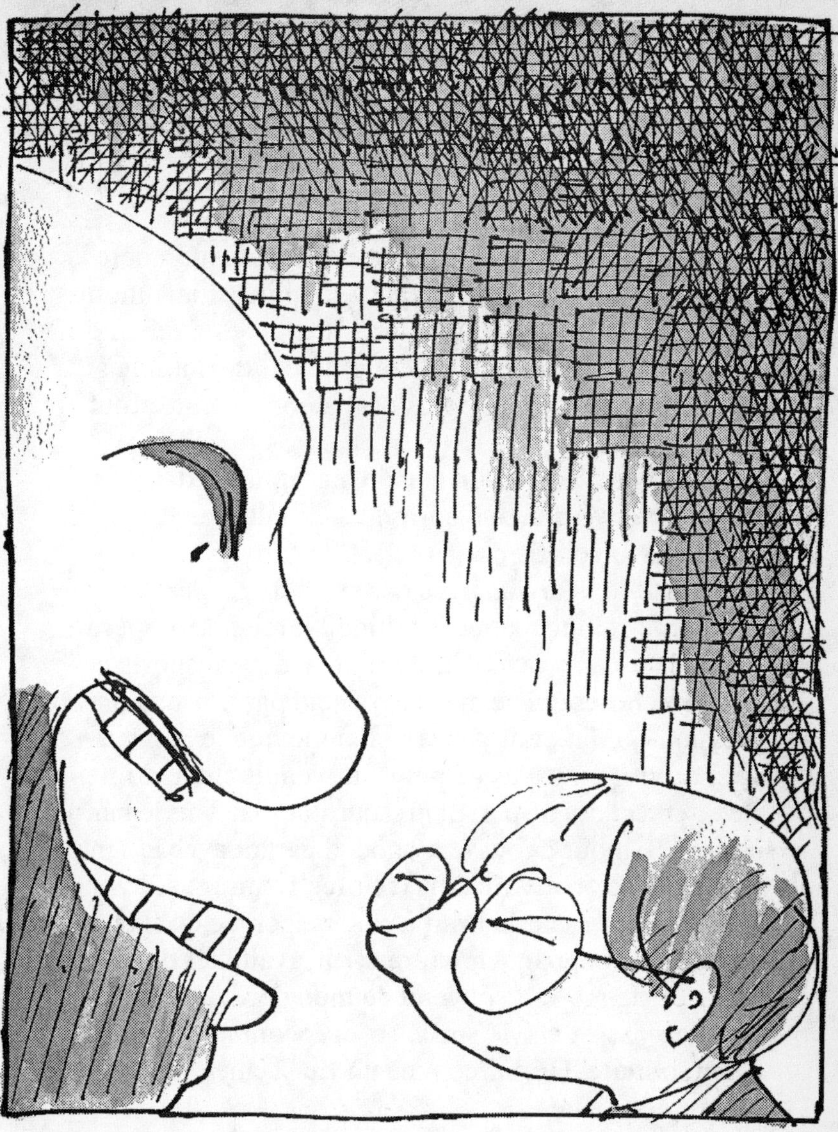

j'étais l'enfant – muet et mystérieux – tu te souviens – et ensuite parce qu'il sortait de la bouche de ce type une puanteur mortelle, qui m'avait complètement paralysé.

– Il a perdu sa langue ce petit, a insisté lourdement le type.

– C'est mon fils, il a la nausée, a répondu mon père.

J'ai dit que je ne voulais pas déjeuner, mais mon père a quand même commandé un verre de lait. Le type reloud m'a donné un coup de coude comme si nous étions des vieux potes et il a encore parlé tout près de mon nez :

– Si tu veux, je mets un peu de ma vitamine dans ton lait et tu verras que tu n'auras plus de nausée.

Et, après avoir dit ça, il a éclaté de rire.

– Laisse-le, Marcial, il n'a pas envie de rigoler.

Le type reloud s'appelait donc Marcial. Mon père s'est mis à parler avec lui de routes, de transports et d'autres choses qui ne m'intéressaient pas. J'ai eu l'impression qu'il n'était pas la personne que je connaissais, qu'il n'était pas ce père qui venait chez moi le week-end et qui ne parlait presque pas. Ici, dans le bar, il disait bonjour à tout le monde, il parlait avec le serveur qui se trouvait derrière les fromages, avec Marcial qui faisait du bruit à chaque gorgée qu'il prenait de sa répugnante mixture et qui avait l'air de bien s'éclater. Je me suis souvenu de mon père qui se plaignait de passer sa vie sur les routes comme un vieux chien solitaire. Ha, ha, comme un vieux chien solitaire. La bonne blague.

Quand on s'est levé pour partir, Marcial le rigolo a dit à mon père :

– Très sympathique ton gosse, et une de ces conversations avec ça !

J'ai laissé mon père sortir et je me suis approché du type pour lui lancer :

– Boire ou conduire il faut choisir.

Je suis parti en courant en le plantant là, mais je l'ai entendu derrière moi qui disait :

– Nous nous reverrons, mon garçon, nous nous reverrons.

Et un frisson mortel a parcouru toutes les parties de mon corps.

Nous sommes remontés dans le camion. L'alarme de ma montre a sonné et j'ai soupiré de soulagement parce que je commençais à en avoir plus que marre d'être un enfant muet et mystérieux.

– Pourquoi tu parles autant avec les gens ? ai-je demandé à mon père.

– Parce qu'ils sont mes amis.

– Mais amis comment ? Combien tu leur mettrais sur dix ?

– Eh bien… six, ça dépend.

– Seulement six et tu parles autant que ça ?

– Et en quoi ça te gêne que je parle ?

– Ça ne me gêne pas, mais à la maison tu ne parles pas, peut-être parce que tu nous aimes seulement à quatre ou cinq sur dix.

Mon père s'est mis à rire, et cela m'a énervé qu'il rigole sur un sujet aussi sérieux.

– Et ça ne te dérange pas que ton ami soit un poivrot ?

– Quel ami poivrot ?

– Marcial, il prend un verre de calva au petit déjeuner.

– Mais c'est pas pour ça que c'est un poivrot.

– Si, maman ne laisse pas grand-père déjeuner au Tropezón pour qu'il ne mette pas de calva dans son café parce qu'elle dit qu'un vieux poivrot est ce qu'il y a de plus laid au monde.

– Ta mère exagère un peu.

– Combien de verres il faut boire alors pour être un poivrot ?

– Je ne peux pas te dire…

– La bouteille entière ?

– Le problème, Manolito, c'est que tu veux des réponses à tout mais que tout n'a pas toujours de réponse. Ta mère voit quelqu'un qui boit du calva pour son petit déjeuner et elle dit : « Cet homme est un poivrot. » Moi, je ne suis pas comme ça.

– Et comment tu es ?

– Là, j'abandonne. Comment je suis… comment je suis… ? Et toi comment tu me vois ? Réponds-moi sincèrement.

Je l'ai regardé pendant un moment et à la fin de ce moment, je lui ai dit :

– En fait, tu es… plutôt grand tendance gros, plutôt sérieux tendance muet, mais tu es gentil car comme tu n'es jamais à la maison, tu nous grondes moins souvent que maman.

– Donc un type plutôt grand tendance gros…

Il l'a répété en me regardant très sérieusement et je croyais qu'il allait me gronder, mais soudain il a éclaté de rire :

– Un type plutôt grand tendance gros qui est gentil parce qu'il n'est jamais à la maison. Oui, monsieur, parfaitement, voilà ce que je suis !

Tandis que mon père riait, j'ai commencé à sentir une sueur froide autour de ma tête. Il est sorti de ma bouche un rot assourdissant, du genre de ceux que faisaient les dinosaures vélociraptors après avoir mangé quatre ou cinq arbres de la Planète, et il est sorti de ma bouche, sans que je puisse la contrôler, une masse volcanique. La masse volcanique est tombée sur le siège, mon père a donné un violent coup de frein, afin de s'écarter de la masse terrifiante, qui s'étendait à vue d'œil, mettant ainsi nos vies en danger.

– Punaise, mais qu'est-ce que c'est que tout ça ?

– Je te l'ai dit, ça m'arrive chaque fois que j'entre dans un bar à fromages.

Mon père m'a regardé comme s'il en avait plus que marre de moi.

– La prochaine fois, ne vomis pas sur le siège, vomis dans…

Il s'est mis à chercher un récipient où je pourrais vomir si le volcan se remettait en éruption et il n'a rien trouvé d'autre que ma casquette des Tortues Ninja.

– La prochaine fois, avant de vomir sur le siège, tu vomiras dans ta casquette.

Tu ne vas pas me croire mais rien que d'imaginer ma

casquette neuve des Tortues Ninja pleine de mon vomi, j'ai ressenti un tel chagrin que des larmes (deux) ont coulé de mes yeux.

– Et maintenant, pourquoi tu pleures ?

– Parce que je ne veux pas abîmer ma casquette.

Mon père m'a dit que, dans ce cas-là, je ferais mieux de ne plus vomir (c'est un homme qui a toujours de grandes solutions) et de regarder le paysage qu'il y avait devant moi. Je me suis mis à regarder ce que mon père appelait le paysage. Il ressemblait beaucoup au terrain désertique que mes parents avaient acheté l'année dernière pour y construire une maison jumelle. Le problème c'est que nous n'avons trouvé personne qui veuille faire une maison jumelle avec nous. Pendant deux mois, nous avons mis une petite annonce dans le journal : « Offre sensationnelle : la famille García Moreno met en vente la moitié d'un pré pour bâtir une maison jumelle. Vue inégalable, famille charmante. »

Pendant ces deux mois, nous avons passé tous nos week-ends à montrer notre offre sensationnelle. En voyant ce que ma mère avait annoncé comme un pré, les gens devenaient très pâles. Ils regardaient le terrain désertique, puis nous regardaient, et en particulier le Bêta qui s'amusait à poursuivre les souris avec son pistolet à ventouse, en riant comme un enfant possédé. Les gens remontaient dans leur voiture sans même nous dire au revoir. Quelques-uns démarraient tellement vite que les roues dérapaient et un nuage de poussière terrifiant s'élevait et nous enveloppait tous les quatre.

Mon grand-père dit qu'il ne sait pas s'ils partaient en courant à cause du terrain désertique ou à cause de nous. En tout cas, quelle que soit la raison, personne ne veut être le jumeau de notre maison de banlieue sur notre terrain désertique. Et maintenant, chaque fois qu'elle entend parler du Terrain, elle a la bouche qui se tord. Avant, elle disait avec un sourire : « Notre terre » ; aujourd'hui elle dit : « Ce terrain tout sec qu'a acheté ton père ». C'est une coutume chez les García Moreno de se rejeter la faute les uns sur les autres. C'est une tradition familiale qui passe de père en fils.

J'ai dit à ma mère qu'il fallait garder espoir, que dans les films chaque fois qu'il y avait une terre désertique dont personne ne voulait, il en sortait du pétrole et les héros devenaient millionnaires et fumaient des cigares, ou que peut-être nous aurions de la chance, qu'on nous l'achèterait pour installer un cimetière de voitures ou une décharge publique. Ma mère a tordu la bouche et m'a répondu :

– Il faudrait un miracle pour qu'on puisse vendre ce terrain.

C'est vrai, un de ces miracles où apparaît la Vierge, et les gens l'apprennent et vont comme des fous acheter des carafes d'eau de la roche où la Vierge est apparue. Louisa en a rapporté une lorsqu'elle est allée voir la Vierge de Fatima, et tous les soirs, avant de se coucher, elle trempe un doigt dans la carafe et se met deux petites gouttes derrière les oreilles parce qu'elle dit que, grâce à ça, tout va vachement mieux dans la vie.

Mais nous, nous ne pourrions pas vendre en carafe l'eau de la Vierge du Terrain désertique. Comme souvenir miraculeux, nous ne pourrions vendre qu'une poignée de terre ou une souris que le Bêta aurait attrapée dans une boîte, pour que les gens la mettent ensuite dans une bouteille de liqueur. Et le Bêta et moi, nous vendrions des centaines d'articles supermiraculeux. Tout le monde voudrait nous acheter notre terre et nous dirions : « Non, non, cher monsieur, il fallait y penser avant, quand la Vierge n'était pas encore apparue. »

Ma mère dit que la Vierge ne peut pas nous apparaître car mon grand-père ne croit pas en Dieu, et que c'est pour ça que nous menons cette vie. J'ai demandé à mon grand-père si ça ne le dérangerait pas de croire en Dieu pendant quelque temps, deux ou trois mois, pour voir si ça change quelque chose. Il m'a promis que, si nous arrivions à vendre le terrain désertique, il commencerait à croire en Dieu. Nous ne pouvons pas avoir ces conversations devant le Bêta car c'est le seul qui soit attaché au terrain (à cause de sa passion pour la chasse aux souris), et quand il entend qu'il est à vendre il devient fou de rage : il se jette à plat ventre par terre en pleurant et il pousse des cris, certains ont même été entendus à l'autre bout de mon quartier.

Tout ça m'est revenu parce que mon père m'avait dit de regarder le paysage, et le paysage dans lequel nous passions n'en finissait pas d'être un terrain désertique : c'était un terrain désertique interminable.

– Ça me rappelle notre terre, ai-je dit à mon père,

pour qu'il voie que je suis un enfant avec un cœur à l'intérieur.

Il m'a regardé avec une drôle de tête et m'a dit :

– Dès que j'aurai un peu de temps, je vous emmènerai en voyage parce que, à part le parc du Pendu et notre terrain, vous n'avez rien vu, et je ne veux pas que mes enfants soient des péquenots.

Je ne savais pas ce que c'était qu'un péquenot, mais je n'ai pas aimé, et j'ai répondu à mon père que, pas du tout, j'avais déjà été dans plusieurs endroits : à Mota del Cuervo (Cuenca), qui est le village de mon grand-père, dans le vieux Carabanchel, sur la Gran Vía et à la semaine du Japon qui avait eu lieu à Auchan. Mon père s'est mis à rire et, lorsqu'il a enfin pu parler, il m'a demandé :

– Et entre le vieux Carabanchel et le Japon qu'est-ce que tu préfères ?

– Le Japon, c'est plus cool.

Et pour qu'il se rende bien compte de ma grande sagesse orientale, je lui ai raconté mon expérience japonaise. Une histoire à faire dresser les cheveux sur la tête, que tu trouveras dans le prochain chapitre et que je pense raconter depuis le commencement des temps.

Deuxième partie

LA SEMAINE DU JAPON

Plusieurs fois, ils ont annoncé à la radio de mon quartier : « La semaine du Japon est arrivée ! », suivi du bruit d'un gong à te hérisser les poils. Le Japon était arrivé à l'hypermarché le plus proche de chez moi et ma mère mourait d'envie de fêter ça. Elle a téléphoné à Louisa et elle lui a dit :

– Tu as entendu ? La semaine du Japon est arrivée.

– Oui, je sais. J'étais justement en train de m'habiller. Il n'y a pas de temps à perdre.

Ma mère a fait tout ce qu'elle a pu pour que nous n'allions pas avec elle, mais personne n'était prêt à nous garder. Elle a demandé à mon grand-père qui lui a dit :

– Pas cet après-midi, Cata, j'ai la finale de pétanque dans le parc du Pendu.

– Eh bien, emmène-les avec toi.

– Mes amis ne veulent pas.

C'est vrai, ils interdisent à mon grand-père d'amener le Bêta aux parties de pétanque parce qu'il mord les vieux qui gagnent contre mon grand-père. Un jour, le Bêta a mordu à la jambe un vieux qui est un ami de mon grand-père et on a dû le vacciner contre la rage, car comme je lui avais dit que le Bêta prêtait sa tétine à Bonie (la chienne de Louisa), le vieux a commencé à pousser des cris et à faire tout un cinéma en regardant les marques des dents sur sa jambe. Il n'a pas attrapé la rage mais il n'a pas parlé à mon grand-père pendant plusieurs mois.

Ma mère a insisté pour que mon grand-père s'occupe de nous :

– Papa, je t'en prie, rends-moi ce petit service.

– Je te le rends tous les après-midi, Catalina, n'abuse pas.

– Je ne peux jamais sortir. Quand c'est pas l'un c'est l'autre.

Ma mère dit toujours qu'elle ne peut pas sortir mais elle n'est jamais à la maison. Remarque, je ne me plains pas. Nous (mon grand-père, moi et le Bêta) on préfère.

Elle ne se déclare jamais vaincue, elle a donc commencé à demander aux gens de nous surveiller. Nous sommes descendus avec elle au Tropezón, voir si M. Ézéchiel voulait bien nous garder :

– Ézéchiel, a dit ma mère avec un sourire, ces deux-là vont se mettre ici devant la petite table pour regarder tranquillement la télé, ils ne t'embêteront pas.

M. Ézéchiel s'est gratté la tête.

– Catalina, ne me raconte pas d'histoires, je connais tes enfants, comme si je les avais élevés moi-même dans le bar. Tu me les laisses et, dans cinq minutes, ils vont changer de chaîne pour mettre leurs dessins animés, tripoter toutes les *tapas* et se moquer des clients.

Le Bêta et moi, nous commencions à être un peu déprimés, c'est trop les boules de voir ta mère chercher un volontaire pour te garder et que personne ne veuille rester avec toi. Elle a demandé à Porfiria, la boulangère :

– Avec eux ! Tu me prends pour une folle ? Pour qu'ils me demandent des bonbons toutes les deux minutes, ces gosses n'ouvrent la bouche que pour demander.

Elle a demandé à la mère de Grandes Oreilles.

– Je ne peux pas, a répondu la mère de Grandes'O, je vais moi aussi à la semaine du Japon. J'ai laissé Grandes'O avec la psychologue, en lui payant deux heures supplémentaires.

– Et je ne peux pas lui laisser mes enfants à la psychologue ?

– Non, ce serait une thérapie de groupe, et mon Grandes'O a besoin d'un traitement de choc individuel.

Ma mère était tellement désespérée qu'elle est allée demander au voisin du quatrième, celui qui avait fait une fuite d'eau dans le plafond de nos W.-C. car, d'après mon grand-père, il a une tête à faire pipi en dehors de la cuvette, imagine.

Nous sommes montés, Louisa, ma mère, moi et le Bêta. Moi et mon frère, nous nous tenions par la main car, chaque fois que le voisin du quatrième nous voit, il grogne.

Il a ouvert la porte et il a dit :

– Qu'est-ce qu'il y a encore ?

Louisa a pris la parole :

– Catalina et moi nous devons aller chez le médecin et les enfants n'ont personne avec qui rester…

Le voisin du quatrième nous a regardés avec sa méchanceté meurtrière habituelle et moi et le Bêta, nous nous sommes cachés derrière ma mère.

– Et alors ? a-t-il demandé.

– Eh bien nous avions pensé, a poursuivi Louisa, que ce serait une bonne occasion de faire la paix et pour vous de mieux connaître les enfants car, en fait, ils ont un bon fond.

– Ah oui ?

– Oui, ils ont l'air insupportables, ils ont l'air méchants parce qu'ils crient beaucoup, parce qu'ils sont infernaux…

Et ma mère a ajouté :

– Parce qu'ils ne laissent personne tranquille, qu'ils se battent continuellement, qu'ils ont peint dans l'escalier…

Et le voisin a ajouté :

– Je souffre le martyre à l'heure de la sieste à cause de leurs cris et, quand ils s'insultent, ma femme et moi nous nous faisons toujours la même réflexion : on dirait des routiers.

– Attention, a dit ma mère, mon mari est routier.

– Pardon, excusez-moi, je ne le disais pas pour votre mari. Ce que je voulais dire c'est que ces enfants ne sont vraiment pas un cadeau.

– Exactement, exactement ! ont dit en chœur ma mère et Louisa.

Chacun leur tour, ils se mettaient à nous traiter de tous les noms. Heureusement que nous n'avons pas de sensibilité car, si nous avions été des enfants à traumatismes, nous en aurions partout sur le corps. Louisa a commencé à nous défendre un peu :

– Mais tout ça n'est que l'apparence, c'est moi qui vous le dis, moi qui suis pratiquement plus qu'une mère pour eux, car j'ai déjà dû me farcir ces enfants plus d'un après-midi alors que leur mère était partie.

– N'exagère pas, Louisa… a dit ma mère, un peu vexée.

– Enfin quelques-uns. (Louisa menait la discussion.) Et je peux vous affirmer que derrière ces deux monstres apparemment diaboliques (Louisa nous a alors pris par la tête le Bêta et moi), il y a deux petits anges qui veulent sortir. Mais cela ne se voit pas à première vue, bien sûr, il faut rester beaucoup de temps avec eux.

– Combien de temps ? a demandé le voisin en mâchant le cure-dents qu'il tenait dans un coin de sa bouche.

– Deux heures, s'est empressée de dire ma mère.

– Non, a répondu le voisin.

– Une heure et demie, a alors dit Louisa.

On aurait dit qu'ils nous marchandaient.

La femme du voisin est apparue à la porte et a dit :

– Même pas dix minutes, mon Minou.

C'est comme ça que la voisine appelle son mari et ça nous fait toujours rire le Bêta et moi.

Et cette fois-ci encore nous avons rigolé et Minou nous a regardés avec de la haine dans les yeux.

– Même pas dix minutes, a répété la femme de Minou, tu vas te retrouver seul avec eux. Souviens-toi que je vais à la semaine du Japon.

Ma mère et Louisa sont parties sans dire au revoir à Minou et à sa femme, et moi et le Bêta nous les avons suivies comme deux idiots dont personne ne veut. Des enfants d'autres quartiers auraient développé dans leur cerveau une dépression monstrueuse mais ici, à Carabanchel, nous les enfants de l'enfance, nous sommes habitués à ce que nos mères cherchent pendant l'après-midi quelqu'un qui soit prêt à nous garder et à nous supporter. J'ai entendu dire que, dans d'autres quartiers, il y a des filles qui gagnent de l'argent pour garder des enfants seuls ; ici à Carabanchel, les mères ont pour habitude de demander ce service au premier venu. La première fois, les gens disent oui, qu'il faut bien s'aider entre voisins mais, lorsque le voisin naïf a supporté plus d'une heure un enfant de Carabanchel, il ne veut plus renouveler l'expérience.

– Figure-toi qu'ils ne m'ont même pas payé, raconte le voisin initié.

Et, chaque fois, la mère doit chercher un nouveau voisin.

J'ai dit à Louisa et à ma mère que nous pouvions nous garder tout seuls mais ma mère m'a rappelé que la dernière fois qu'elle nous avait laissés tous les deux, de la fumée sortait par la fenêtre car j'avais voulu montrer au Bêta comment préparer les toasts du samedi mais alors les Pokemon ont commencé à la télé, on a perdu la boule à Istamboul et nous avons laissé les toasts dans le grille-pain jusqu'à ce qu'ils deviennent noirs, que la cuisine devienne noire, et que de la fumée noire sorte par la fenêtre de la cuisine et arrive aux narines de ma mère qui, à ce moment-là, revenait de Continent avec deux candélabres de la semaine de Transylvanie. Elle a jeté les candélabres qu'elle venait d'acheter et a monté à toute vitesse les marches de l'escalier. Les toasts brûlaient toujours pendant que le Bêta et moi nous chantions les chansons des publicités. Nous n'avions rien senti, car comme je te l'ai déjà dit nous n'avons pas de sensibilité.

A cause de ça, ma mère ne voulait plus nous laisser seuls. Je pensais qu'elle allait dire : « Ça suffit, j'en ai marre, je reste à la maison. »

Mais comme c'est la mère typiquement imprévisible, elle a dit :

– Ça suffit, j'en ai marre, je les emmène avec moi. Mais faites très attention. Le premier qui me demande de lui acheter quelque chose, je lui balance une tape.

C'était clair. Je savais que cet après-midi les tapes allaient survoler dangereusement nos têtes. Pour ne pas parler, j'ai serré ma langue entre mes dents jusqu'au sang. Nous, les enfants de Carabanchel, nous ne pouvons pas entrer dans un magasin sans réclamer comme des fous furieux tel ou tel truc. C'est une envie incontrôlable qui a été étudiée par les scientifiques du monde entier. Un scientifique chinois a dit que pour certains enfants, ce syndrome pouvait se guérir grâce à une bonne tape de leur mère, mais que cette thérapie ne s'appliquait pas à tout le monde. Il y a des enfants dans mon quartier qui, une fois que la démangeaison de la tape leur est passée, se remettent à réclamer comme avant.

Nous sommes entrés dans l'hypermarché du côté de la boucherie car ma mère voulait acheter le poulet qu'elle nous sert le dimanche. Ça ne veut pas dire que chaque fois c'est le même poulet, comprends-moi bien, mais ils doivent venir de la même famille car ils ont tous le même goût de cramé sur le dessus, il faut dire que ma mère fait le poulet comme le Bêta les toasts : elle descend au Tropezón prendre quelques apéritifs avec mon père et elle laisse le poulet tout seul dans le four jusqu'à ce qu'il crame. Ce qu'il y a d'original dans le poulet de ma mère, c'est qu'il est cru à l'intérieur. Heureusement que nous enlevons le goût si particulier du poulet Catalina en tartinant notre assiette d'une couche moelleuse de Ketchup, ce qui le rend bien meilleur.

Nous sommes arrivés à la boucherie et ma mère a dit au boucher :

– Je veux celui-ci.

Comme si parmi tous les poulets, ma mère savait déjà à l'avance quelle allait être sa prochaine victime.

Une fois le poulet en notre possession, nous sommes entrés dans la semaine du Japon de Carabanchel. Dans les haut-parleurs, on entendait la voix d'une fille japonaise qui chantait une chanson japonaise, il y avait aussi des masques avec le visage d'hommes à la peau blanche et à la bouche rouge et ouverte, et de très belles statuettes en céramique représentant des lutteurs de sumo prêts à s'attaquer. J'ai eu très vite l'impression de me trouver au Japon et j'ai pris mon frère par la main pour que l'on ne se perde pas dans le lointain Orient. Le Bêta, qui est un enfant plutôt étrange, m'a lâché la main car il était trop occupé à chanter la chanson de la fille japonaise. Il la chantait comme s'il la connaissait depuis toujours, je te le jure. Ma mère et Louisa ont regardé le Bêta comme s'il était possédé et ma mère a dit avec un air de dégoût :

– Ils sont bizarres mes enfants, Louisa, chaque jour je les trouve un peu plus bizarres.

Et elle a passé la main sur le front du Bêta pour voir s'il avait de la fièvre, mais il n'en avait pas. Louisa a rassuré ma mère en lui disant que dans une vie antérieure, il avait peut-être été une chanteuse japonaise. Mais le Bêta a soudain attrapé un sabre de guerre mortel de samouraï et a commencé à l'agiter dans tous les sens en nous regardant comme s'il allait nous couper en deux. Nous l'avons regardé, terrorisés.

– Je ne sais pas si dans une vie antérieure, cet enfant a été samouraï ou chanteuse japonaise, a dit Louisa, mais en tout cas je suis prête à parier qu'il l'a passée au Japon.

LE JAPON
EST ARRIVÉ

Nous sommes arrivés devant une offre spéciale de kimonos avec un dragon dans le dos. Ma mère et Louisa les ont tous tripotés et les ont emmenés un par un à la cabine d'essayage. Le Bêta est redevenu chanteuse japonaise pendant que moi je m'embêtais parce que dans les magasins je m'embête toujours à moins qu'on ne m'achète quelque chose (ce symptôme fait partie de la maladie dont je te parlais tout à l'heure). Tout d'un coup, ma mère a annoncé qu'on offrait sept kimonos pour le prix de quatre. L'offre spéciale s'appelait : « Les Sept Samouraïs ».

– Manolito, relève-toi, tu aimerais avoir un kimono ?

Je lui ai répondu non de la tête.

– Mon Dieu, quel enfant, il n'en fait toujours qu'à sa tête, aujourd'hui je veux lui acheter quelque chose, et évidemment lui n'en veut pas. Eh bien, tant pis pour toi, je vais te l'acheter quand même.

Autre symptôme de la maladie de réclamer dans les magasins : nous, les enfants de Carabanchel, n'aimons jamais ce que nos mères veulent nous acheter. Mais ma mère, ça ne la dérange pas, car elle fait toujours ce qu'elle a envie.

Ma mère et Louisa étaient supercontentes, elles disaient que l'offre spéciale des Sept Samouraïs semblait avoir été faite pour elles. Les Sept Samouraïs étaient : ma mère, Louisa, Barnabé, mon père, mon grand-père, moi et le Bêta. En plus, Louisa a dit qu'elle avait toujours pensé que l'habit faisait le moine et que, dès que nous mettrions les kimonos, on respirerait une paix orientale dans nos foyers.

Comme il y avait beaucoup de gens qui faisaient la queue devant les cabines d'essayage, nous sommes tous rentrés dans la même : les quatre (Samouraïs) plus le poulet. Ma mère nous a fait enlever nos tee-shirts pour essayer les kimonos et lorsque Louisa et elle nous ont vus dans le miroir habillés avec, elles ont dit :

– Comme ils sont mignons !

Moi personnellement je ne voulais pas de ce kimono en soie avec le dragon car, si les enfants de ma classe l'apprenaient, ils allaient m'appeler de noms horribles que je ne souhaite pas écrire ici dans ce livre si raffiné. Le Bêta était toujours aussi heureux et continuait de chanter les chansons de la fille japonaise comme s'il comprenait toutes les paroles. Moi ça commençait à vraiment m'énerver, alors je lui ai dit :

– Arrête donc de faire l'idiot, tu ne sais même pas ce que tu chantes !

– Si bébé sait.

– Eh bien, gros malin, dis-moi ce qu'est en train de raconter en ce moment la chanteuse japonaise.

Le Bêta a fermé les yeux quelques instants comme pour mieux écouter les paroles. Il a fait une tête de traducteur simultané et, dans cet état étrange, il a commencé à réciter :

« Nous adorons le riz !
Nous les Japonais
Nous le mangeons jour et nuit
Douze mois de l'année. »

J'ai ressenti un frisson mortel me parcourir le corps, et j'ai dû m'asseoir par terre avec mon kimono. Ce n'est pas toujours facile de cohabiter avec un frère de quatre ans aux pouvoirs paranormaux. Quand il m'a vu m'asseoir par terre avec mon kimono, le Bêta a fait pareil. Louisa et ma mère devaient avoir déjà essayé quarante kimonos et, d'après le tas qu'il y avait sur la chaise, il en restait encore quarante.

Le Bêta n'a pas trouvé mieux pour s'amuser que de fouiller dans le sac du poulet et de sortir les deux pattes. Il m'a demandé si je voulais jouer à Godzilla. Le poulet cru me dégoûte tellement qu'il me fait vomir (le poulet cramé de ma mère aussi), aussi pour attraper une patte, j'ai dû mettre ma main dans un sac en plastique, comme si c'était un gant. Chacun tenait une patte et luttait contre l'autre, et le Bêta poussait d'étranges cris en japonais chaque fois qu'il attaquait mortellement la mienne. Au bout d'un moment, nous en avons eu marre et le Bêta a replongé la main dans le sac du poulet à la recherche d'émotions fortes. Il a farfouillé un certain temps jusqu'à ce qu'il sorte la tête. Il voulait encore se battre, lui avec la tête et moi avec les deux pattes. Je lui ai dit non car, avec cette tête de poulet mort et les cris étranges du Bêta, je ne me sentais plus très bien et, le soir, j'étais sûr de rêver de *La Nuit des Poulets Vivants*.

Le Bêta a continué tout seul avec ses jouets répugnants, il tenait dans chaque main une patte et les faisait marcher comme s'il s'agissait des pattes du monstre Godzilla. Il faisait rouler la tête et ensuite s'approchait d'elle avec les deux horribles pattes. A un moment, il a lancé la tête du poulet tellement loin qu'elle a glissé par la fente de la cabine et a atterri dans celle d'à côté. Le Bêta et moi, nous nous sommes penchés pour voir où elle était passée et nous l'avons vue entre les pieds nus d'une femme, qui elle aussi était en train d'essayer des kimonos. Nous avons été pris d'un fou rire mortel. La tête du poulet entre les pieds regardait vers le haut. Je crois que le Bêta se reconnaissait dans la tête de ce poulet parce que des fois, quand des amies de ma mère viennent à la maison, il fait la même chose : il s'allonge par terre et regarde vers le haut.

– Pourquoi ils se marrent comme ça ces deux-là ? a demandé Louisa à ma mère.

– Va savoir, ils peuvent rigoler comme ça pendant deux heures sans s'arrêter.

A tout instant, la femme d'à côté pouvait marcher sur la tête du poulet. Le Bêta se tirait le zizi très fort pour ne pas pisser de rire. Je lui ai dit de me donner une patte, et armé chacun de notre patte nous nous sommes allongés par terre pour mieux passer le bras dans la cabine d'à côté. Nous voulions atteindre avec les pattes du Poulet Vivant la tête du poulet mort, car il risquait de ressusciter à n'importe quel moment et de donner un coup de bec sur la jambe de cette femme. C'était une mission humanitaire. Ma mère nous a regardés en disant :

– Qu'est-ce que vous faites là par terre ? Vous allez nettoyer le sol de la cabine avec votre kimono. Vous ne savez donc pas faire attention à vos affaires ? Je ne peux rien vous acheter sans que…

Elle n'a pas pu continuer à parler parce qu'un cri terrifiant a retenti dans la cabine d'à côté. Louisa a ouvert la porte et nous sommes sortis dans le couloir. Des femmes et des enfants habillés en kimono sortaient des cabines, affolés. De loin, j'ai aperçu les oreilles de Grandes Oreilles qui s'est faufilé entre les dames pour venir jusque vers nous. Il est arrivé dans un kimono jaune.

– Qu'est-ce que tu fais ici ? Je croyais que ta mère t'avait laissé avec la psychologue.

– C'est la psychologue qui m'a amené. Elle m'a dit qu'aujourd'hui la thérapie c'était d'aller dans un magasin et de voir comment je me comportais.

– Et comment tu te comportes ?

– Comme d'habitude. Je lui ai demandé tout le temps qu'elle m'achète un truc, à la fin elle m'a dit qu'elle m'achèterait ce kimono si je me taisais. Et du coup, elle aussi elle va s'en acheter un.

– Ouah, trop géniale ta thérapie ! lui ai-je dit. Celui que je porte, ma mère me l'a acheté pas par thérapie mais parce qu'elle a décidé que c'était comme ça.

Enfin la porte de la cabine du cri s'est ouverte et la femme au cri est apparue, pâle comme une morte. C'était, ni plus ni moins, que la femme de Minou. Avec une voix tremblante, elle a dit :

– J'ai marché sur la tête d'un poulet.

Un tas de têtes de femmes en kimono s'est amassé autour de sa cabine et elles ont toutes crié :

– Oooooooohhhhh !

En plus de la tête du poulet, qui paraissait nous fixer

de son regard, il y avait par terre le bras d'un enfant qui sortait de sous la cloison et qui cherchait à tâtons, avec une patte de poulet dans la main, la tête (du poulet). Les dames en kimono et la femme de Minou observaient cette opération sauvetage avec des yeux ouverts tellement grands que j'ai eu peur qu'ils sortent de leurs orbites et que leurs yeux commencent à rouler par terre.

– Il y a des fois on trouve de ces trucs dans les cabines d'essayage, a dit une dame habillée en kimono bleu.

Enfin, la patte du poulet est arrivée jusqu'à la tête. Mais comme la Patte Vivante ne parvenait pas à se saisir de sa proie, le Bêta l'a lancée dans les airs. Les femmes ont hurlé et se sont toutes reculées pour que la patte ne les touche pas. Après le cri général, la main de l'enfant (le Bêta) a saisi sans s'émouvoir la tête du poulet et a remis son bras dans notre cabine.

Le Bêta est apparu à la porte avec le plus beau de ses sourires et a levé le bras en tenant la tête du poulet par les petites plumes du dessus.

– Bébé l'a tué, a dit le Bêta.

Les dames ont poussé un :

– Aaaaahhhhhhh !

Tout le monde n'était pas disposé à apprécier les jeux du Bêta ni son sens de l'humour.

La femme de Minou a regardé ma mère droit dans les yeux et lui a dit :

– C'est ça que vous appelez aller chez le médecin ?

Louisa s'est mise devant ma mère comme si elle devait la défendre et a lancé à la femme de Minou :

– Si elle n'est pas allée chez le médecin, c'est parce que votre Minou n'a pas voulu garder les enfants. Mais sachez que, en ce moment, elle est très malade.

La femme de Minou a regardé toutes les femmes en kimono en cherchant des yeux quelqu'un qui, dans le monde (mondial), serait prêt à lui donner raison :

– Mon Dieu, mon Dieu, moi aussi je suis malade. Cette famille est un vrai cauchemar et il a fallu qu'elle tombe sur moi. Ça ne leur suffit plus d'être mes voisins, il faut maintenant que je les supporte dans les cabines d'essayage.

La femme de Minou parlait comme si elle allait pleurer. La psychologue de Grandes'O, c'est-à-dire m'dame Espé, est arrivée en kimono rouge et a donné à la femme de Minou une carte avec un numéro de téléphone au cas où elle voudrait participer à une thérapie de groupe organisée spécialement pour les personnes qui étaient voisines d'enfants de mon école. La femme de Minou a regardé la carte comme si elle était hypnotisée et a dit merci d'une toute petite voix. Sur le moment, elle nous a fait beaucoup de peine, mais le moment d'après ça nous est passé car elle nous a regardés avec le même regard de haine que lorsque nous la croisons dans l'escalier.

Toutes les dames sont retournées dans leur cabine. Quand nous sommes rentrés dans la nôtre, ma mère nous a dit de ne plus jamais rejouer avec un poulet mort.

– Je te parle aussi à toi, a-t-elle répété au Bêta, on ne joue plus avec le poulet.

Le Bêta l'a d'abord regardée d'un air indigné, puis son menton a commencé à trembler, et il a remis en pleurant les pattes et la tête dans le sac en plastique.

– Ne pleure pas, mon chéri, lui a dit Louisa. Louisa va t'emmener au magasin de farces et attrapes, tu pourras prendre tous les poulets et les souris morts que tu voudras, ils sont en plastique et ne sentent rien, mais tu verras comment ils font peur aux dames des cabines.

Le Bêta se retrouve toujours gagnant. Chaque fois qu'on le gronde, on doit lui acheter quelque chose pour qu'il ne soit pas trop contrarié. J'aimerais tellement être le Bêta.

Nous avons remis nos vêtements de Carabanchel, rangé les kimonos dans les sacs et nous avons été acheter des lutteurs de sumo pour Louisa, qui en avait envie. Nous sommes tombés sur la mère de Grandes Oreilles et sur le fiancé de la mère de Grandes Oreilles. Ils étaient derrière un rayon, sans bouger, légèrement accroupis.

– J'ai vu Grandes Oreilles. Il est avec la psychologue dans les cabines d'essayage, ai-je dit.

– Oui, je sais, m'a-t-elle répondu avec une toute petite voix. Manolito, tu veux bien me rendre un service ?

La mère de Grandes Oreilles a coiffé ma mèche avec sa main, comme elle fait d'habitude, et j'ai eu envie de fermer les yeux tellement ça me faisait plaisir.

– Ne lui dis pas que je suis ici. Ce n'est pas bon pour sa thérapie psychologique.

– D'accord, ai-je dit moi aussi avec une toute petite

voix. Je ne lui dirai jamais. Regardez, je me suis acheté un kimono bleu.

– Pepín et moi aussi. Tu dois être tout beau dans ton kimono bleu. Amène-le le jour où tu viens dormir à la maison, que je te voie avec.

La mère de Grandes Oreilles et son fiancé Pepín sont partis en se cachant derrière les rayons pour ne pas gâcher la thérapie de Grandes Oreilles. La mère de Grandes Oreilles est toujours en train de penser à Grandes'O, elle est tellement canon, aussi bien intérieurement qu'extérieurement, que je suis resté là à l'imaginer en kimono et j'ai souri d'une branche à l'autre branche (de mes lunettes), je la voyais le soir en train de nous servir à manger, en kimono, à Grandes'O et à moi. Dommage que, comme je n'ai pas de contrôle mental, dans mon rêve est arrivé Pepín, lui aussi en kimono et nous servant lui aussi à manger, et il a fallu que je me donne une claque sur la tête pour me l'enlever de là.

Louisa s'est acheté deux lutteurs de sumo. Elle en a porté un et ma mère a pris l'autre car ils pesaient presque autant que des vrais lutteurs de sumo. Moi je devais porter le sac des sept kimonos et le Bêta les deux casquettes des Tortues Ninja, que ma mère nous avait offertes en souvenir du Japon actuel.

En entrant chez Louisa, Bonie nous a accueillis, comme à son habitude, en faisant un petit pipi de joie au milieu du salon. Ensuite, elle s'est mise à renifler le sac des kimonos à la recherche d'un cadeau.

– Ah, Bonie, ma fifille chérie, maman ne t'a rien apporté aujourd'hui.

Ma mère dit que la tendresse de Louisa pour Bonie est un peu exagérée. En fait, ça l'énerve que Louisa soit une mère plus tendre avec sa chienne qu'elle avec moi, par exemple. Si chaque fois que ma mère revenait à la maison je faisais un pipi de joie, je n'ose même pas imaginer la tête qu'elle ferait.

Comme nous n'avions rien apporté à Bonie, elle nous en a voulu et est partie dans un coin. Le Bêta lui a offert sa tétine pour la consoler mais Bonie lui a montré les dents. Dans ces moments-là, elle a un regard de chienne folle.

– Elle est marrante, a dit Louisa, on dirait une personne.

Louisa a mis les deux lutteurs de sumo dans la partie de son salon réservée aux pays du monde. Il y a déjà une cornemuse, accrochée au mur, qu'elle a achetée l'année dernière à la semaine de l'Écosse ; une Brésilienne qui, dans le passé, faisait de la musique en remuant les fesses dans tous les sens quand tu tirais sur une corde, mais la corde s'est cassée le jour où le Bêta a passé un après-midi entier à tirer dessus. La Brésilienne a dû se dire : « Basta, j'arrête. » Louisa a aussi un très petit violon de Vienne et des parchemins authentiques qui, avant que Louisa ne les achète, étaient accrochés dans les pyramides. Quand je serai grand, j'aurai un coin pareil à celui de Louisa, avec une grande pancarte où il y aura écrit : « Le Monde Mondial ».

Les lutteurs de sumo faisaient vraiment classe dans le coin des pays du monde. Le Bêta a demandé s'il

HYPER

pouvait être pour le lutteur qui montrait les dents prêt à attaquer, et moi pour l'autre, qui était encore plus dangereux car il se mordait les lèvres d'envie de casser la figure du premier.

Lorsque nous sommes rentrés chez nous, mon grand-père a été supercontent de nous voir, mais au lieu de faire pipi au milieu du salon comme Bonie, il est allé aux toilettes, car mon grand-père a peut-être des problèmes de prostate, mais ce n'est pas un cochon. Nous lui avons montré le kimono que nous lui avions acheté, et mon grand-père a fait une drôle de tête.

– Je préfère encore mourir que de devoir mettre cette robe de chambre, Catalina !

Mais ma mère l'a traité d'ingrat et de vieux, elle lui a dit qu'il faisait toujours des chichis, qu'un grand-père en tee-shirt dans une maison était ce qu'il y avait de pire, et mon grand-père a été obligé de mettre le kimono, sauf qu'il l'a mis par-dessus ses vêtements et, le soir, lorsqu'il a bu son potage en kimono, on aurait dit un vrai grand-père japonais comme celui que nous avions vu dans un film de guerre japonais. Nous avons téléphoné à mon père et nous lui avons parlé de son nouveau kimono, il a alors dit à ma mère qu'elle pouvait le rendre car il n'était pas question qu'il fasse le clown. Mais le lendemain, lorsqu'il est rentré de la route, ma mère l'a envoyé à la douche et lui a tendu ensuite le kimono. Mon père a dit :

– Catalina, je le mets mais c'est bien pour que tu ne te fâches pas.

Nous avons tous dîné en kimono ; Louisa et

Barnabé, qui nous connaissent très bien, sont montés avec le leur, et nous avons tous été pris d'un fou rire japonais qui a fait trembler les murs. Au bout d'un moment, comme d'habitude, la femme de Minou, en kimono, est arrivée pour se plaindre, ainsi que Minou, lui aussi en kimono, qui est apparu deux secondes devant la porte.

La semaine du Japon se serait bien finie si elle n'avait jamais commencé car l'envie nous a pris au Bêta et à moi de jouer, un après-midi après l'école, aux samouraïs. Le Bêta a encore eu une crise et cette fois-ci, il s'est transformé en samouraï. Tu n'imagines pas comment il arrivait à lever les jambes toutes droites, et l'espèce de danse qu'il faisait avec ses bras, une danse d'attaque mortelle. Mon grand-père lui a dit :

– Doucement, bébé, doucement, tu vas abîmer les lunettes de Manolito.

Ça oui, c'est la superhumiliation : qu'on soit obligé de dire à ton petit frère de faire attention pour qu'il ne te fasse pas mal. Mais le Bêta était possédé et donnait des coups de pied mortels en poussant des cris japonais. A un moment, la pointe de son pied est allée toucher un souvenir des Maisons Perchées que ma mère avait rapporté de Cuenca. Les Maisons Perchées sont tombées par terre. Ma mère est entrée dans le salon et nous avons baissé la tête vers le sol (mon grand-père aussi). Ma nuque s'est mise à chauffer en attendant la tape, mais miraculeusement il n'y en a pas eu. Seulement une voix qui a dit :

– Les kimonos, donnez-moi les kimonos.

Nous avons dû enlever nos kimonos sur place. Ça ne la dérangeait pas que l'on reste en slip.

– C'est fini les kimonos.

– Je peux aussi enlever le mien, si tu veux, a dit mon grand-père.

– Ne fais pas le malin, papa, ce n'est pas du tout drôle.

Nous sommes restés au moins une demi-heure sans bouger, assis sur le canapé, en slip et dans les bras de mon grand-père japonais. Nous savions que nous avions eu beaucoup de chance car l'engueulade de ma mère aurait pu être mortelle, aussi mieux valait pour l'instant ne pas se créer d'ennuis. Mais au bout de la demi-heure, nous avons commencé à nous agiter, car n'oublie pas que nous sommes le genre d'enfants qui trébuchent toujours contre la même pierre. Nous avons commencé à rire tout bas car le Bêta avait fait un de ses pets musicaux. C'était l'air de *Douce Nuit.* Je lui ai demandé plusieurs fois qu'il me montre comment il faisait, pour que nous puissions monter tous les deux un numéro musical à la fin de l'année (je ne sais pas pourquoi mais il fait toujours des chansons de Noël), mais il m'a dit :

– Non, les pets musicaux seulement bébé.

Je crois qu'en réalité il ne sait pas comment il fait, qu'il s'agit plutôt d'une qualité congénitale, car un jour que nous étions dans le camion, mon père en a fait un, on aurait dit l'hymne du Mondial, je te jure. Ma mère l'a regardé avec ses yeux remplis de haine.

– Faut croire que tu penses tout le temps à la même chose.

Toujours est-il qu'avec le pet musical du Bêta nous avons commencé à rire tout bas pour que ma mère ne nous entende pas ; nous avons cru halluciner quand nous l'avons vue arriver dans le salon avec son plus beau sourire et les Maisons Perchées entièrement reconstruites.

– Ça y est.

– Donne maintenant kimonos à bébé et à Manolito, a dit le Bêta qui, c'est vrai, est beaucoup plus courageux que moi.

– Kimono au dodo, il n'y a pas de kimono qui tienne. Je sors et je n'ai aucune confiance en vous. Je verrai quand je vous les rendrai.

– Crois-moi, a dit mon grand-père, ils ne feront pas de bêtises et s'ils en font, je leur colle deux claques à chacun.

Nous avons tous les deux éclaté de rire car mon grand-père ne nous a jamais donné une claque de sa vie. Des fois, nous l'avons laissé essayer mais il n'y arrivait pas. Ma mère a déjà essayé de lui montrer comment donner des tapes quand elle n'était pas là, mais il n'y arrivait pas non plus.

Ma mère nous avait dit de nous habiller mais le Bêta et moi nous adorons être en slip l'après-midi. C'est alors que le Bêta a gonflé ses joues et a demandé, en montrant ses dents :

– Qui est bébé ?

Mon grand-père et moi nous l'avons regardé sans comprendre.

– Bébé est lutteur de sumo de Louisa.

C'était pourtant vrai, il lui ressemblait beaucoup. Nous n'avions plus besoin des kimonos : les lutteurs de sumo luttent en slip. Nous avons enlevé les lacets des chaussures de mon grand-père pour nous les mettre sur le front comme les bandeaux que portent les authentiques lutteurs, et nous nous sommes placés en position d'attaque : le Bêta montrait les dents et moi, je me mordais la lèvre du bas. Nous nous regardions fixement avec colère, en position d'attaque, et sans bouger d'un poil car nous imitions les statues de céramique et nous ne savions pas quoi faire après.

– Qu'est-ce que l'on doit faire maintenant, grand-père ? lui ai-je demandé.

Mon grand-père avait commencé à s'endormir et il m'a répondu, les yeux fermés, en aspirant sa salive :

– J'en sais rien, dans mon village on ne joue jamais au sumo, j'imagine qu'on se bagarre en se roulant par terre et en se donnant des coups de pied, des trucs comme ça…

Le Bêta ne l'a pas laissé finir sa phrase ; avant même que je m'en rende compte, il s'est jeté sur moi et nous sommes tombés par terre.

– Ne sois pas brute, mon garçon.

Voilà ce qu'il aime : les jeux où il faut se taper et, quand il s'excite, il devient complètement fou, il te griffe, cherche à te mordre et à te tirer les cheveux. J'avais beaucoup de mal à me l'enlever de là : on aurait dit qu'un gros chat s'était pendu à moi.

– Grand-père, enlève-le-moi, grand-père !

Mais mon grand-père était déjà endormi et soufflait comme s'il était en train de gonfler un ballon.

– Ce n'est pas du jeu, ça vaut pas !

Je n'ai pas eu d'autre solution que de le chatouiller à des endroits stratégiques pour qu'il n'ait plus de forces et qu'il tombe par terre comme un mort.

– Tu triches encore une fois, je ne joue plus avec toi. Tu vas encore tricher ?

Il a dit oui avec la bouche et a fait non avec la tête, il ne faut accorder aucune importance à ça, c'est une ruse.

– On ne se jette pas sur l'autre lutteur pour le mordre ou le griffer. Les coups de pied se donnent dans le vide. On ne pousse pas l'autre lutteur, on ne tire pas les cheveux, on ne donne pas de claques ni de coups de poing.

– D'accord, a dit le Bêta.

Le problème c'est que j'avais interdit tellement de choses que nous sommes restés un moment en position d'attaque sans savoir quoi faire.

– Les coups de pied dans le vide, ça vaut ? a demandé le Bêta.

– Oui.

Il n'a donné qu'un seul coup de pied, un seul coup de pied avec sa petite jambe dans la télécommande qui se trouvait sur la table. La télécommande a volé dans les airs et est retombée sur le visage de mon grand-père. Il a mis sa main sur son visage et a dit :

– Vous m'avez tué, vous avez tué votre grand-père.

Au début, nous avons cru qu'il nous faisait une

blague et nous avons éclaté de rire, puis nous avons ri une deuxième fois quand le Bêta a refait la scène du coup de pied dans la télécommande, posée sur la table, qui s'envole dans les airs. L'envie de rire nous est passée lorsque nous avons vu mon grand-père retirer sa main de son visage et un filet de sang couler de son front. Nous nous sommes approchés très lentement. Le Bêta s'est assis sur lui et a commencé à pleurer, en disant :

– Bébé ne voulait pas tuer grand-père.

Mon grand-père s'est levé et est parti aux toilettes comme s'il était soûl. Nous l'avons suivi. Il s'est regardé dans la glace. Il commençait à avoir un très grand bleu et, sur une partie du bleu, du sang coulait encore. Il ne nous parlait pas, pas même au Bêta qui continuait à lui dire qu'il n'avait pas voulu le tuer. Le Bêta s'imagine que c'est ça mourir, à cause de ma mère qui lui dit toujours de ne pas pleurer pour les gens des films car après qu'ils sont morts, ils retournent dîner chez eux tranquillement, et maintenant il croit que mourir c'est rester pendant un moment sans bouger, comme avait fait mon grand-père, et partir ensuite à l'hôpital.

Nous sommes allés au dispensaire, pour que le docteur Morales voie le bleu ensanglanté. Nous marchions très lentement car le grand-père était un peu sonné. M. Ézéchiel, le patron du Tropezón, est apparu un moment à la porte et a crié à mon grand-père :

– Qu'est-ce que tu as, Nicolas, à traîner les pieds ?

Le Bêta, toujours à moitié pleurant, lui a crié :

– Il est mort.

– Il n'a qu'à venir prendre un ballon de rouge, ça va le ressusciter.

Mon grand-père a fait non de la tête et a continué de marcher.

– Il ne veut pas car il est mort, a crié le Bêta.

– Eh bien tant pis, vous savez où se trouve le cimetière.

M. Ézéchiel n'a pas vu ce que mon grand-père avait au front. Je n'ai d'ailleurs rien dit parce que je ne voulais pas que quelqu'un s'en aperçoive et surtout pas ma mère qui, en voyant le bleu, risquait d'être furax et m'accuserait moi même si elle savait que c'était le Bêta qui avait tué grand-père.

Une fois assis dans la salle d'attente du docteur Morales, nous nous sommes rendu compte qu'il avait oublié d'enlever son kimono. Il était là, la main sur le front, le regard très loin, avec son kimono jaune par-dessus ses vêtements. Le grand-père de Yihad, M. Faustino, s'est approché du mien et lui a demandé :

– Nicolas, qu'est-ce qui t'est arrivé ?

– Ces deux-là m'ont jeté la télécommande sur la tête.

– Non, ai-je dit, c'est le Bêta.

Il fallait que les choses soient claires dès le début.

– Bébé ne voulait pas tuer.

– Bien sûr, bien sûr, mais maintenant taisez-vous.

Mon grand-père devait avoir très mal car ce n'est pas son habitude de dire des choses comme ça. M. Faustino m'a pris à part et m'a demandé si mon grand-père avait perdu la tête avec le coup qu'il avait

reçu. Je lui ai dit que je ne pensais pas. Alors M. Faustino m'a demandé pourquoi il était venu en kimono au dispensaire, et je lui ai répondu que c'était ma mère qui l'obligeait à en porter un.

Le docteur Morales a dû faire à mon grand-père deux points de suture sur le front, et il n'a pas du tout pleuré, mais nous oui car c'est notre grand-père. Il lui a donné aussi une pastille contre la nausée. Puis il nous a fait la morale, il nous a dit qu'on ne jetait pas de télécommande sur la tête des grands-pères. Le Bêta lui a demandé si, avec cette pastille, il allait ressusciter comme avant et le docteur Morales a répondu oui, qu'il fallait attendre un peu mais que bientôt il allait avoir un grand-père entièrement ressuscité. Mon grand-père a perdu son visage de mort, a enlevé son kimono et nous sommes rentrés à la maison. Sur le chemin, il nous a dit que ma mère était peut-être toujours en train de nous gronder mais que nous, par moments, nous dépassions les bornes. Il a voulu rester seul au bar et nous a dit de monter avec le kimono. Nous avons croisé Louisa dans l'escalier et le Bêta lui a raconté que le grand-père était mort mais qu'il allait beaucoup mieux. Louisa a ouvert grand les yeux et est montée avec nous. Le Bêta ne peut pas s'empêcher de parler, et il a raconté à ma mère l'histoire du bleu, toujours à sa façon, bien sûr :

– Manolito et bébé ont tué grand-père avec la télécommande.

– Manolito, qu'est-ce que raconte ton frère ?

– Ici, a dit le Bêta en montrant une petite tache de

sang sur la table, là où s'était appuyé mon grand-père, nous l'avons tué ici.

– Nous ne l'avons pas tué, c'est pas vrai, c'est toi tout seul, j'en ai marre c'est toujours moi le coupable.

Ma mère m'a tellement secoué que mes lunettes ont glissé tout au bout de mon nez.

– Qu'est-ce que vous avez fait à ce pauvre grand-père ? Où est mon papa ?

– En ce moment, il est au Tropezón, ai-je répondu en essayant de me dégager.

– Avec la pastille du docteur Morales, grand-père a ressuscité, a dit le Bêta. Mais M. Ézéchiel a dit qu'après dodo au cimetière.

Ma mère n'a plus posé de question, elle est descendue en courant dans les escaliers et nous derrière avec Louisa et Bonie. Nous sommes arrivés au Tropezón. Mon grand-père avait bu deux ballons de rouge ; avec son bandeau sur le front, il faisait peine à voir.

– Papa, qu'est-ce que t'ont fait ces deux monstres ?

– Rien, Catalina, plus de peur que de mal. Je leur ai demandé la télécommande et ils me l'ont jetée un peu fort.

– Quelles brutes ! a dit ma mère en nous regardant.

– Dans cette maison, tout le monde se jette la télécommande. Nous ne sommes pas du genre à nous donner les choses par la main.

– C'est ça, défends-les ! s'est écriée ma mère, en montrant les dents comme Bonie. Lequel t'a fait ça ?

– Je ne sais pas, Catalina, je ne sais pas, vraiment, j'étais en train de dormir.

– Et si tu étais en train de dormir, comment tu as pu leur demander la télécommande ?

Voilà comment elle est ma mère, on dirait ces policiers dans les films, qui font trembler les accusés.

– J'ai dû le dire en rêvant.

– Mon Dieu, qui m'a fait un idiot pareil ?

Et elle s'est tournée vers nous :

– Je ne le redemanderai qu'une seule fois : lequel de vous deux a fait ça ?

Tu ne vas pas le croire, et moi non plus d'ailleurs je ne croyais pas ce que voyaient mes lunettes. J'ai montré le Bêta du doigt. J'étais peut-être un mouchard mais j'avais mes raisons, et c'est alors que le Bêta m'a montré du doigt !

– Très bien, a dit ma mère, demain samedi, vous resterez tous les deux à la maison sans sortir.

– La mère de Grandes Oreilles m'avait invité à venir chez elle avec mon kimono, lui ai-je dit.

– Si tu me dis la vérité, je te laisse aller chez ton copain. Qui a fait ça ?

J'ai alors réfléchi à ce qui me plaisait le plus, dire que c'était moi le coupable ou pouvoir aller dîner et dormir chez Grandes'O. J'ai mis trente secondes avant de répondre. Ils me regardaient tous, on aurait pu toucher la tension ambiante. J'ai baissé la tête comme l'enfant repenti typique et j'ai déclaré :

– C'est moi mais je ne l'ai pas fait exprès.

Ce traître de Bêta s'est mis à rire et ma mère a dit avec un petit sourire :

– Je m'en doutais, je m'en doutais.

– Bon, eh bien l'affaire est close, changeons de sujet, a dit mon grand-père.

Ce soir-là, ma mère a soigné la blessure de mon grand-père car il en sortait un liquide infectieux et nous lui avons apporté son potage au lit. Je me suis couché à côté de lui pour lui lire une bande dessinée, comme il fait chaque fois que je suis malade. Ma mère m'a alors dit :

– C'est maintenant que tu l'aimes ton grand-père. Je ne devrais pas te laisser aller chez Grandes Oreilles, demain.

– Il m'a déjà demandé pardon, laisse-le tranquille.

Ma mère s'est couchée et le Bêta s'est échappé de son lit gigantesque, comme il fait certaines nuits, pour venir dans le nôtre. Il s'est couché de l'autre côté de mon grand-père.

– Grand-père, tu ne dors pas au cimetière ? lui a-t-il demandé.

– Pas encore.

– Demain non plus, a ajouté le Bêta, en touchant avec sa tétine le sparadrap de la blessure.

– Demain non plus.

– Grand-père, ai-je dit, c'est un sale menteur. C'est lui qui t'a fait mal, il a donné un coup de pied dans la télécommande et la télécommande est tombée sur ton front.

Le Bêta s'est levé et a dit :

– J'ai fait comme ça, et il a levé une de ses jambes de lutteur de sumo pour nous faire une démonstration.

– Tu aurais pu le dire à maman, gros malin.

– Laisse-le, Manolito, il est encore petit…

– Il est encore petit, il est encore petit, c'est toujours pareil avec vous.

– Finalement, tu vas dormir demain chez Grandes Oreilles.

Le Bêta, qui était toujours debout dans le noir pour sa démonstration de coup de pied de sumo, s'est jeté sur nous pour dire qu'il ne voulait pas que je parte dormir chez quelqu'un, qu'il ne voulait pas que j'aille chez Grandes'O. Chaque fois c'est pareil : quand je vais dormir chez un ami, il faut que le Bêta fasse son numéro.

– Demain, bébé restera ici toute la nuit avec grand-père, d'accord ? a dit mon grand-père pour que mon frère ne nous pique pas une de ses colères nocturnes.

– Et pourquoi il faut qu'il reste avec toi quand je ne suis pas là ? Il a son lit.

– Vous n'êtes jamais contents. Laissez-moi fermer les yeux et dormir tranquillement. Et, s'il vous plaît, ne me jetez plus rien sur la tête.

Mon grand-père s'est endormi. Le Bêta et moi nous avons mis beaucoup de temps avant de pouvoir dormir. La chambre était plongée dans l'obscurité et nous étions tous les deux silencieux, mais je voyais le profil du Bêta qui n'arrêtait pas de toucher l'anneau de sa tétine, comme chaque fois qu'il est très inquiet. L'ombre du Bêta se reflétait contre le mur, l'ombre de sa tête était énorme. Là oui, on aurait dit un lutteur de sumo. Ce n'est pas vrai ce que disait mon grand-père, ce n'est pas vrai que nous ne sommes jamais contents, mais il avait raison dans le sens où souvent je voulais être le Bêta et le Bêta voulait être Manolito.

Depuis ce jour-là, ma mère ne nous laisse mettre le kimono que pour sortir accueillir mon père le vendredi et quand quelqu'un vient chez nous, pour que les gens nous voient et disent : « Comme ils sont mignons », et que ma mère puisse ajouter à voix basse : « Tu ne les connais pas. »

Ce que raconte Louisa, que l'habit fait le moine, ne fonctionne pas chez moi. Les kimonos n'ont rien changé en nous et ne nous ont pas apporté la paix orientale. Non seulement le Bêta et moi nous avons toujours envie de nous battre, mais mes parents aussi, bien qu'ils ne l'avouent pas, car chaque fois qu'ils mettent leur kimono ils finissent par se disputer, sans aller jusqu'à se donner des coups de pied japonais comme nous. Heureusement, parce qu'un seul coup de pied de ma mère contre les Maisons Perchées de Cuenca et ce serait la fin de l'étagère. Ça ne leur aura pas non plus beaucoup servi à Minou et à sa femme de porter un kimono, un jour sur deux ils viennent habillés en kimono pour râler parce que nous crions ou nous rions trop fort.

– C'est de ma faute à moi, dit ma mère, si cette maison a des murs en papier ?

Ma mère pense que ça ne sert à rien de mettre des kimonos japonais pour obtenir la paix orientale si nous vivons serrés comme des Chinois.

Mon grand-père est le seul à qui le kimono aille

bien. A peine arrivé chez nous, il le met sur son survêtement ou sa veste du dimanche, et il le garde aussi pour dormir. Ma mère dit :

– Voilà que mon papa ne peut plus quitter son kimono.

Personne ne la comprend, au début elle insistait pour qu'il le mette et maintenant qu'il ne le quitte plus ça la gêne. De temps en temps, le Bêta se souvient du jour où mon grand-père est mort et que nous le transportions tous les deux au cimetière. Il continue à croire que grand-père a ressuscité grâce au comprimé que lui a donné le docteur Morales. Le soir, il s'assoit à côté de lui, caresse son kimono en disant :

– Grand-père, ça c'est le costume que tu portais quand tu es mort parce que Manolito t'a tué.

– Non, non, non, petit malin, c'est toi qui m'as tué.

Le Bêta se souvient toujours de tout sauf de ce qui ne l'intéresse pas. La nuit où mon grand-père a ressuscité, nous avons dormi tous les deux à côté de lui. Nous étions très contents d'avoir un grand-père ressuscité. Nous ne nous sommes endormis que très très tard, d'abord parce que nous étions jaloux l'un de l'autre, mais aussi parce que nous avons veillé sur lui. Nous lui touchions par moments sa bosse sur le front et mon grand-père sursautait dans son sommeil.

– Ça lui fait encore mal, disait le Bêta en touchant avec sa tétine.

Nous le serrions dans nos bras, tout en le laissant au milieu pour qu'il n'y ait pas de bagarre. Mon grand-père était tout doux avec son kimono. Des fois, on aurait dit qu'il ne pouvait pas respirer car nous le pressions un peu trop fort, mais ni l'un ni l'autre nous ne voulions le lâcher. Et nous ne l'avons pas lâché. Dans l'obscurité, avec sa bosse sur le front, mon grand-père ressemblait à l'homme-éléphant. Ça devait être ça la paix orientale : dormir avec un grand-père qui venait de ressusciter.

Troisième partie

Le zorro de la Malvarrosa

Mon père m'a dit que mon histoire de la semaine du Japon à Carabanchel avait duré cent kilomètres et qu'avec moi, on ne risquait pas de s'ennuyer.

– Pourtant maman dit toujours que ça l'ennuie de m'écouter toute la journée.

– Maman ne sait pas ce qui est bon.

Je me suis senti devenir tellement important après ce que venait de me dire mon père que mon pantalon s'est déboutonné tellement j'avais grossi en trois millièmes de seconde. Mon père s'est arrêté devant un magasin pour charger son matériel. Je lui ai demandé quel genre de matériel nous allions transporter et il m'a répondu que c'était un chargement top secret. Il y avait plein d'hommes en train de charger des camions, qui se sont mis ensuite à charger celui de mon père, notre camion Manolito. L'un d'eux était Marcial, il était en tee-shirt et, sur son bras, il y avait de terribles tatouages. Marcial s'est mis à rire quand il a vu que je regardais ses tatouages et il m'a dit :

– Tu vois celui avec la tête de mort qui brûle en enfer ? Je le porte depuis que j'ai ton âge. Je me le suis fait avec la pointe d'un couteau. Si tu veux, je t'en fais un.

J'ai couru vers mon père et je lui ai pris la main. Le patron du magasin lui a donné un grand carton.

– Voilà ce que tu m'as demandé.

– Qu'est-ce qu'il y a dans ce carton ? papa, ai-je demandé.

– Euh c'est... a commencé à dire le monsieur du magasin.

Je ne suis pas sûr mais je crois que mon père lui a fait un signe, mais c'est le genre de chose dont nous avons l'habitude, le Bêta et moi, que ma mère et lui se fassent soudain des signes secrets devant nous. Le patron est devenu muet.

– Qu'est-ce qu'il y a dans ce carton ? ai-je redemandé à mon père.

Il m'a répondu que l'histoire du chargement secret était une blague, que nous transporterions dans le camion ce qu'il transportait d'habitude : des trucs de nettoyage pour les supermarchés Continent.

– Et ce carton est pour ta mère, a ajouté le chef responsable avec un petit sourire.

J'ai regardé mon père et je lui ai dit qu'il valait mieux qu'il n'apporte rien à ma mère parce qu'elle en avait marre qu'après être parti une semaine il lui rapporte seulement des produits de ménage, et qu'il n'y a pas très longtemps elle l'avait prévenu :

– Manolo, ne me rapporte plus de détergent ou je te le balance à la figure !

En plus, le détergent ne rentre plus dans la cuisine, on doit le mettre dans le meuble-bar, et le Bêta, qui doit fourrer sa tétine partout et ne fait pas la différence entre un sucrier et une boîte à savon, la met n'importe où du moment qu'elle sort pleine de quelque chose. Et j'ai dit à mon père de se souvenir d'il y a à peine deux semaines quand nous étions tous en train de regarder tranquillement un épisode d'*X-Files*, ma mère a dit à mon père en lui touchant le bras, le visage horrifié :

– Manolo, regarde, mon Dieu !

Nous avons tous tourné la tête vers le meuble-bar, à l'endroit que désignait ma mère, et nous avons écarquillé les yeux car même si le meuble-bar était dans l'ombre, nous avons quand même aperçu derrière le comptoir d'énormes bulles, une plus une, plus une autre. Comme dans ma famille aucun membre ne se distingue particulièrement par son courage, nous sommes tous restés sans bouger à regarder s'élever les bulles, qui étaient accompagnées d'un mystérieux choupchoup. Soudain, mon grand-père s'est rendu compte que le Bêta n'était pas avec nous. J'ai dit que dans un film que j'avais vu, *Poltergeist*, des trous surnaturels s'ouvraient dans le plancher des maisons et avalaient les enfants. Ma mère m'a donné une tape et m'a averti :

– Ne dis pas ça, même pour rigoler.

Elle n'oublie jamais les traditions même lorsqu'elle assiste à des phénomènes paranormaux, et une de ses traditions est la Tape en Biais, c'est-à-dire la tape qu'elle te donne de côté pendant qu'elle est occupée à autre chose.

Mon père s'est armé de courage, a allumé la lumière et est allé derrière le meuble-bar. La voix du Bêta a résonné au fond du bar, enfin, une voix qui ressemblait à celle du Bêta, mais beaucoup plus pâteuse, comme s'il était en train de parler dans la machine à laver.

– Bébé n'aime pas ça.

C'est là que nous avons surpris l'Enfant-Poltergeist, dans l'armoire du meuble-bar grande ouverte, avec un paquet de détergent déchiré sur un côté, et lui en train d'y tremper le bout de sa tétine et de passer la langue dessus. De sa bouche sortaient des bulles et de la mousse, comme fait la fille ensorcelée, d'après Yihad, dans *L'Exorciste*. Ma mère l'a emmené en courant à la salle de bains pour lui laver toute la langue jusqu'à la luette car le Bêta faisait des bruits très bizarres, comme s'il pleurait avec le ventre. Si ça avait été moi l'Enfant-Polstergeist, j'aurais eu droit à une bonne engueulade mais, comme c'était le Bêta, c'est mon père qui s'est fait engueuler. C'est à ce moment-là que ma mère lui a dit :

– Manolo, ne me rapporte plus de détergent ou je te le balance à la figure ! Tu ne vois pas que tes enfants le mangent ?

Depuis que mon père transporte des détergents, il y en a plein la maison. Ma mère ne sait plus où les mettre. Une fois, elle a mis une boîte dans un des pots de Ricorée de mon grand-père et elle a oublié de l'enlever de l'armoire de la cuisine, et tandis que mon grand-père remuait son bouillon du soir (bouillon = lait plus gâteaux écrasés), le bouillon s'est mis à grossir et à envahir la table. Mon grand-père a dit à ma mère :

– Ma fille, dis-moi la vérité, tu n'en veux pas à ma vie ?

Nous, nous n'avons pas besoin de voir *X-Files*, notre vie de tous les jours est déjà un phénomène paranormal.

J'ai raconté tout ça au chef responsable du magasin, et le chef responsable du magasin m'a regardé comme si j'étais moi aussi un phénomène paranormal.

– Tais-toi, Manolito, a dit mon père. Ces choses-là n'intéressent personne.

Avant que nous partions, le patron m'a demandé à voix basse :

– Tu crois que ta mère a mis exprès le détergent dans la Ricorée de ton grand-père ?

– Elle dit que non.

Il était prêt encore à me questionner mais mon père m'a regardé depuis la porte avec un de ces regards qui te paralysent à distance, aussi je suis devenu muet et le chef responsable m'a observé avec de grands yeux énigmatiques jusqu'à ce que je m'en aille.

Quand nous sommes remontés dans le camion, mon père m'a fait la morale et m'a dit qu'il ne fallait jamais rien raconter aux gens de ce qui se passait dans ta vie ou chez toi.

– Donc tu ne veux pas que je parle ? ai-je demandé.

Mon père m'a répondu que non, que je devais apprendre à parler sans rien raconter d'important. Pour moi, cette histoire du Bêta en train de manger du savon ne me semblait pas si importante, ni celle de ma mère en train de mettre du détergent dans les pots de Ricorée de mon grand-père, ça me paraissait même être une ânerie. Ça me semblait plus important que les gens ne sachent pas qu'il y a un crâneur dans ma classe (Yihad) qui m'a déjà cassé deux fois mes lunettes, et que depuis je veux être son ami pour qu'il ne me les casse plus ; ça me semblait important que personne ne sache qu'un jour j'ai volé dans la boulangerie de Porfiria, mais que maintenant je ne suis plus un voleur et que je suis en train de me réinsérer pour de vrai dans la société (pas comme le frère de Yihad qui se réinsère au moins six fois par an) ; ça me semblait important que ma mère n'apprenne pas que Mélody Martínez a décidé, sans me prévenir, qu'elle serait ma fiancée, et que je n'ose pas la contredire, car de toute façon Mélody s'en fiche pas mal, ce que je pense ne lui fait ni chaud ni froid. Ma mère trouve ça bien que nous soyons amis, mais pas plus. Un jour, elle nous a vus ensemble au parc du Pendu, c'était un jour où Mélody Martínez n'arrêtait pas de me prendre par la main et de me donner un bisou par-là un bisou par-ci, même que je commençais à en avoir marre, et lorsque je suis rentré chez moi, ma mère m'a dit :

– Que vous soyez amis, très bien, formidable, mais les petits bisous je ne suis pas d'accord, les parents de Mélody sont en prison.

– Mais enfin, lui a dit mon grand-père, ce sont des enfants de dix ans.

– Ça commence comme ça. Je n'ai pas envie de me retrouver au mariage avec les parents de la fille en train de demander une permission spéciale pour assister à la cérémonie.

Moi, ça ne me dérange pas que mes beaux-parents soient en prison ou ailleurs, moi ce que je ne veux pas c'est avoir des beaux-parents, ni maintenant ni jamais. Quand j'arriverai à l'âge pénal, j'irai vivre avec mon grand-père dans une résidence, peu importe qu'elle soit pour les vieux. Mon grand-père dit qu'il va faire la demande aux autorités compétentes pour pouvoir emmener son petit-fils (moi).

Après avoir déchargé je ne sais combien de cartons dans je ne sais combien d'endroits, nous nous sommes enfin arrêtés dans la campagne pour manger la *tortilla* de ma mère. J'ai fait un petit trou dans le papier d'aluminium et j'ai approché la *tortilla* de la narine pour sentir l'odeur. Je l'ai mise aussi sous l'autre narine pour que l'odeur entre bien profondément en moi. J'ai failli tomber par terre tellement c'était bon. A cet instant, j'ai ressenti beaucoup d'affection pour ma mère. Je te le dis pour que tu voies que par moments nous nous aimons beaucoup. Nous nous sommes assis chacun sur une pierre et j'ai demandé à mon père :

– Tu sais quel est le travail que je ne veux pas faire plus tard ?

– Non, je ne sais pas.

– Tu chauffes, tu chauffes, tu brûles presque, c'est brûlant, ah tu refroidis.

– Allez, dis-le-moi.

– Camionneur, lui ai-je répondu sans aucune mauvaise intention, mais je crois que ça n'a pas fait trop plaisir à mon père.

– Eh bien, c'est le travail de ton père.

– Oui, mais moi je ne veux pas travailler autant que toi ; je veux être directeur de quelque chose, avoir un bureau dans la tour Picasso, c'est là que la mère de Moutarde fait le ménage et elle dit qu'au vingt-cinquième étage, il y a un bureau d'enfer.

– Eh bien, tu vas devoir beaucoup travailler à l'école pour ne pas être camionneur.

– C'est ça le problème.

– Et tu devras vendre le camion Manolito car tu n'en auras plus besoin.

– Non, ça non, je prendrai le camion Manolito tous les jours pour aller à la tour Picasso. Ce que je ferai c'est que je vivrai dans le camion, je m'installerai un salon tout équipé avec antenne parabolique et baignoire à bulles. J'aurai beaucoup d'argent puisque je ne serai pas camionneur…

Je ne sais pas très bien pourquoi mais j'ai eu l'impression que mon père était devenu un peu triste, aussi j'ai ouvert mon sac et je lui ai dit de ne pas manger tout de suite son sandwich, car il fallait que je lui mette sur le visage et sur les bras la Protection 18, que ma mère m'avait donnée pour le voyage.

– Je n'en ai pas besoin, ne me mets pas ça, c'est des trucs à ta mère.

Je lui ai répondu que si il en avait besoin, que j'avais vu dans un documentaire un chauffeur qui avait été attaqué par des rayons venus du trou dans la couche d'ozone, ils avaient tapé sur le bras qu'il passait par la vitre, et il avait failli avoir un cancer.

– Aussi, que tu le veuilles ou non, je vais te mettre sur le bras la Protection 18, et je vais m'en mettre sur mon bras, celui que je passe par la vitre.

Nous avons laissé nos sandwichs, à moitié mangés, sur une pierre, et j'ai commencé à mettre de la crème à mon père. Il est devenu plus content quand je lui ai dit que, durant ce voyage, le rayon meurtrier du trou dans la couche d'ozone ne l'attaquerait pas, parce que je serais toujours là pour lui mettre de la crème car j'étais son camionneur copilote.

– Tu m'as dit que tu ne voulais pas être camionneur.

Je lui ai répondu que peut-être que si car je me suis rendu compte qu'il avait envie que je le lui dise. J'ai passé je ne sais combien de temps à lui mettre de la crème, et puis ç'a été à son tour de me mettre la Protection 18. Mais une fois terminé notre combat contre les rayons meurtriers, une armée de cent mille fourmis s'est emparée de nos sandwichs. Mon père a dit :

– Ah, mon Dieu !

Et, sans ajouter un mot, il m'a aidé à monter dans le camion.

– J'ai très faim, ai-je dit.

– Si tu peux attendre un peu, je vais t'emmener dans

un endroit où nous allons nous en mettre plein la panse.

L'endroit s'appelait *Le Chohuí* et nous n'y sommes arrivés qu'en fin d'après-midi, après que mon père a déchargé son chargement secret dans je ne sais combien d'hypermarchés. Je m'ennuyais tellement que le Bêta m'a même manqué. Chaque enfant a ses moments de faiblesse.

L'endroit s'appelait *Le Chohuí* car la propriétaire, qui était une amie de mon père, aimait une chanson dont les paroles étaient « Chohuí, Chohuí, Chohuí... », après je ne me souviens plus. La propriétaire s'appelait Alicia, c'était une femme blonde, elle m'a dit qu'elle avait, depuis longtemps, envie de me connaître car mon père lui avait raconté beaucoup de choses sur moi. Quand elle est partie s'occuper d'un autre monsieur au bar, j'ai demandé à mon père ce qu'il lui avait raconté, s'il lui avait raconté que Yihad avait cassé deux fois mes lunettes et qu'à la Crèche Vivante de l'école j'avais été une année un arbre, l'année d'après un mouton, mais jamais une personne.

– Mais non, quel casse-pieds alors ! Je ne lui ai rien dit d'important, seulement que tu étais très marrant, ce genre de trucs...

La femme blonde m'a demandé si j'aimais les saucisses et je lui ai répondu que ça dépendait de la marque. Mon père m'a dit que ce n'était pas une manière de répondre. La femme blonde a dit que les siennes étaient bien meilleures que celles qui avaient une marque car elles étaient faites maison. Je lui ai alors dit que j'aimais uniquement celles que faisait ma mère, et qui étaient de la marque ED. La femme blonde s'est mise à rire et m'a demandé de la laisser me montrer combien ses saucisses étaient bonnes. Lorsqu'elle est partie les préparer, mon père m'a refait la morale, m'a dit que je ne devais pas croire que ce que je mangeais ou faisais chez moi était ce qu'il y avait de meilleur au monde, que je devais être un enfant ouvert et non un péquenot. C'était la deuxième fois dans ma vie qu'il m'appelait péquenot. Ç'a été dur à encaisser, même si je ne savais pas ce que cela voulait dire.

Je dois avouer qu'en voyant les saucisses j'ai dû ravaler ma salive car elles avaient la forme de saucisses mais, à l'intérieur, elles étaient pleines de petits lardons, alors que celles de ma mère étaient lisses et superparfaites mais, comme mon père et la femme blonde ne me quittaient pas des yeux, j'ai pris une bouchée. J'ai pensé l'avaler d'un seul coup, comme les cachets que prend mon grand-père pour sa prostate, mais au moment où le morceau était presque descendu dans le tuyau d'échappement en direction de l'estomac, j'ai eu un tellement bon goût dans la bouche que je l'ai sucé avec ma langue comme un bonbon.

J'en ai mangé huit. Mon père a dit :

– Voyons maintenant si tu ne vas pas être malade, avec toi c'est tout ou rien.

La femme blonde riait, debout, à côté de notre table et, pendant qu'elle riait, son très grand décolleté montait et descendait. A la télé, un reportage a commencé sur des couples qui faisaient chez eux des films non autorisés (de ceux que le Bêta appelle « de petit cul » et que Louisa tient cachés chez elle) pour les vendre ensuite. Tout le monde dînait en regardant l'émission mais quand l'animateur a dit : « Vous pouvez nous montrer comment vous faites ? », la femme blonde a sorti la télécommande de son tablier et a éteint la télé. Tout le monde s'est mis à protester, mais elle a dit qu'on ne pouvait pas regarder ce genre de choses avec un enfant. Deux messieurs qui connaissaient mon père, puisqu'ils l'ont appelé par son prénom, ne se sont pas gênés pour lui demander pourquoi cet enfant ne mangeait pas ses saucisses une bonne fois pour toutes et n'allait pas se coucher, mais la femme blonde a dit que, pour un soir qu'elle avait un enfant dans son restaurant, elle n'allait pas le mettre dehors et qu'ils pouvaient partir s'ils n'étaient pas contents. Je crois qu'ils m'ont presque tous regardé avec un peu de haine, surtout parce que j'ai encore mangé deux autres saucisses plus deux crèmes caramel, qui n'avaient pas non plus de marque, c'étaient des crèmes caramel de la femme blonde, il y avait dessus un biscuit rond qui s'appelait María. Ils ont dû attendre un long moment que je termine. Je remplissais ma cuillère de crème caramel, puis je la gardais dans ma bouche quinze secondes (je regardais ma montre pour savoir). Dès que je me suis levé après avoir fini de manger, il y en a un qui a dit :

– Allez, Alicia, il s'en va.

Mon père a fermé la porte du restaurant et on a entendu à nouveau la télévision.

CHa-Hui

– Ils m'ont détesté à mort.

– Mais non, andouille, ils sont comme ça avec tout le monde.

Il faisait nuit et nous sommes allés chercher mon sac à dos dans le camion. La campagne autour était sombre et *Le Chohuí* était devenu très mystérieux avec ses lettres qui s'allumaient et s'éteignaient. D'abord s'allumaient CHO puis HUÍ, et à côté du HUÍ un oiseau qui chantait perché sur un palmier. J'ai demandé à mon père si nous étions dans un hôtel de luxe, il s'est mis à rire et m'a dit :

– D'après toi ?

J'ai regardé s'allumer le CHO puis le HUÍ avec l'oiseau perché sur un palmier et j'ai répondu oui, que nous étions dans un hôtel de luxe. Avant d'aller me coucher, j'ai fait un bisou dans le dos du camion Manolito et je lui ai dit que s'il avait besoin de moi qu'il allume et éteigne ses phares.

Il y avait dans la chambre deux lits et une salle de bains pour nous tout seuls. Je pensais que la salle de bains serait dans le couloir, comme dans toutes les maisons de Carabanchel. En plus, on nous avait mis des sachets de shampooing et de savon.

– Personne ne viendra au W.-C. en pleine nuit ?

– Non, c'est juste pour nous.

Les lits étaient super bien faits, il n'y avait que le dessus-de-lit qui était un peu déchiré, et encore il fallait faire très attention pour le remarquer. J'ai demandé à mon père s'il pouvait appeler chez nous, car j'avais très envie que le Bêta crève de jalousie.

C'est le Bêta lui-même qui a décroché le téléphone, ça devait faire au moins deux heures qu'il attendait qu'on appelle. Le Bêta et moi nous ne nous étions jamais séparés, aussi quand je lui ai dit pour l'exciter un peu que peut-être je ne reviendrais jamais parce que je préférais vivre dans un hôtel de luxe, le Bêta a lâché le téléphone, s'est jeté par terre et s'est mis à hurler comme lui seul est capable de faire. J'ai entendu ma mère qui prenait le téléphone. Elle m'a dit :

– Tu ne peux pas t'arrêter une seconde d'embêter ton petit frère ?

Elle a passé presque tout son temps à consoler le Bêta, et après il a fallu que je reprenne le téléphone pour dire que oui, j'allais rentrer, que j'avais seulement voulu lui faire une petite blague. Mon grand-père et ma mère m'ont demandé de tout raconter, comment était la chambre, si j'avais vomi. Mon père était à côté et quand il ne voulait pas que je raconte quelque chose, il me mettait un doigt sur la bouche et me disait de raconter autre chose. Il m'a arrêté au début de l'histoire des sandwichs à la *tortilla*, et il n'a pas voulu non plus que je raconte à ma mère les choses que m'avait préparées Alicia, la femme blonde. Il m'a laissé raconter que, dans la chambre, au-dessus de mon lit, il y avait un tableau avec des cerfs, qui semblaient prêts à galoper vers les toilettes, c'était un tableau superréaliste, et il m'a laissé raconter aussi que nous n'avions pas besoin de sortir de la chambre si l'envie nous prenait de faire pipi à minuit.

– Voilà ce qu'il faudrait au Bêta : des W.-C. dans sa chambre, peut-être que, comme ça, il ferait moins souvent pipi au lit.

Ma mère m'a dit que l'idée était bonne mais que le seul endroit un peu libre pour mettre un W.-C. dans la maison, c'était la place du meuble-bar. Elle a ajouté que nous devions nous coucher tôt et que je ne devais pas me séparer de mon père un seul instant. Avant de raccrocher, elle m'a fait au moins dix bisous qui me sont entrés à l'intérieur de l'oreille. Il y a des marques d'affection qui tuent.

Moi je me serais bien couché avec les vêtements que je portais mais mon père dit toujours que ce n'est pas pareil un camionneur propre et un camionneur crasseux, et il m'a dit aussi que je devais me doucher même si j'avais la flemme parce que sinon la chambre sentirait le biquet le lendemain matin.

Mon père m'a dit :

– Allez, déshabille-toi.

Alors je suis allé dans la salle de bains et j'ai fermé la porte à clé, mais il m'a dit qu'ici ce n'était pas la peine, que personne ne pouvait nous voir, que c'était notre salle de bains personnelle. Tout le monde sait chez moi que depuis un an personne n'a le droit de me voir tout nu. Il n'y a que le Bêta qui peut entrer parce que, même si j'ai très honte qu'on me voie nu, ça me fait trop mal de renoncer à nos traditionnels concours de pets aquatiques ou pets baignoiresques (de baignoire). Ça, mon père ne peut pas le savoir, il ne nous voit pas de la semaine, et le week-end il passe au moins deux heures tout seul dans la salle de bains. Quand il sort, il y a de la vapeur partout dans la pièce et ça sent bon l'après-rasage. Le Bêta et moi nous nous précipitons à l'intérieur, moi je m'assois sur le grand trône, le water, et lui dans le bidet, et on aspire l'odeur jusqu'à ce qu'il n'y en ait plus.

Mon père m'a redit :

– Allez, déshabille-toi, qu'est-ce que t'attends, ne reste pas planté là !

J'ai enlevé mes vêtements et lorsque je n'avais plus que mon slip, je suis parti en courant sous la douche. Il m'a demandé si je voulais qu'il m'aide et je l'ai vu s'approcher derrière le rideau, je lui ai répondu non, non et sans m'en rendre compte, je me suis caché le zizi avec mes deux mains. Il s'est éloigné en disant :

– Bon, bon, d'accord.

La peur que j'ai eue. Pendant un moment, quand j'ai vu l'ombre s'approcher derrière le rideau transparent, ça m'a rappelé un morceau de film que j'avais vu un soir, où une grand-mère donnait vingt coups de couteau à une fille blonde, qui était tranquillement sous sa douche et qui ne demandait rien à personne.

Lorsque j'ai fermé le robinet, mon père m'a enveloppé dans la serviette et m'a sorti de la baignoire comme fait ma mère avec le Bêta. Il me disait pour rire « mon pitchounet chéri », il disait ça exprès parce qu'il savait que ça me mettait la honte et que ça me faisait rire aussi. Il m'a laissé assis sur le lit et je suis resté comme ça à penser que je n'avais jamais dormi ailleurs que dans ma véranda ou dans le lit gigogne de Grandes

Oreilles López. Mon père est sorti tout nu quelques minutes après, comme si un père nu était la chose la plus normale au monde. J'ai voulu regarder ailleurs mais une force supérieure et surnaturelle m'obligeait à lever les yeux vers un certain endroit du corps de mon père, en fait, disons-le clairement, je regardais son zizi, puis j'ai retiré un peu ma serviette pour regarder le mien, et j'ai été un peu déprimé à cause de la différence. Ça a dû se remarquer sur mon visage parce que mon père m'a dit :

– Il va grandir, tu as encore tout le temps devant toi.

– C'est qu'il est toujours pareil, il ne grandit jamais.

– C'est l'impression que tu as.

– Je le regarde tous les jours quand je sors de la douche. Euh, en fait non, pas tous les jours, parce que je ne me douche pas tous les jours, mais un jour oui un jour non.

– Moi, à ton âge, j'en avais un qui était encore plus petit.

– Il ne devait pas se voir.

– Il était tout petit et mon père me disait : « Ne t'inquiète pas, il grandira. »

Mon père m'a dit que les Manolo García se sont répété la même chose de père en fils depuis la fin du XVe siècle. Grandes Oreilles en a un beaucoup plus grand que le mien, lui il dit que la longueur du zizi est liée à la taille des oreilles. Yihad dit que c'est n'importe quoi, que lui ses oreilles sont superpetites et qu'il a pourtant un grand zizi, mais personne ne l'a jamais vu. Quand ils l'ont opéré d'un phimosis à l'hôpital de l'Enfant-Jésus, nous sommes allés le voir, Grandes Oreilles et moi, et Yihad nous a dit qu'on lui avait enlevé un morceau comme ça (il a montré presque la moitié de son doigt), mais que ça ne le dérangeait pas parce que le docteur avait dit qu'il lui en restait largement assez. On a raconté ça à mon grand-père dans le bus pour Carabanchel et il a déclaré :

– Dis-moi de quoi tu te vantes et je te dirai de quoi tu manques.

Grandes Oreilles, qui ne se gêne jamais, a alors raconté à mon grand-père sa théorie des oreilles et il lui a demandé :

– Et le vôtre, il est grand ou petit ?

– Euh...

– Vous avez des oreilles plutôt grandes, a dit Grandes'O tandis que nous regardions les monstrueuses oreilles de mon grand-père.

– Dans mon cas, cette théorie n'est pas valable, a-t-il répondu après avoir un peu réfléchi. Je ne crois pas qu'il y ait beaucoup de rapport entre la taille des oreilles et du...

Deux dames, assises devant nous, se sont retournées pour regarder mon grand-père finir sa phrase. C'est la première fois que je l'ai vu rougir comme une tomate. C'était très impressionnant car, d'habitude, mon grand-père est de couleur jaune.

Les dames et nous regardions fixement mon grand-père. Tout le monde attendait sa réponse.

– En fait, je n'arrive pas en ce moment à me souvenir de sa taille. C'est l'âge, ça ne pardonne pas.

L'atmosphère s'est chargée d'une grande déception. Les deux dames ont à nouveau regardé devant elles, mais d'après ce que j'ai pu entendre, elles ont continué à parler de la même chose, de nez, de doigts de la main et de leurs maris. Comme tu vois, je n'ai pas tout compris.

Après cette conversation cruciale de père à fils, mon père est retourné dans la salle de bains en laissant la porte à moitié ouverte. J'ai enfilé mon pyjama et je me suis glissé dans les draps si doux. Mon gros orteil s'est coincé dans un trou et a fait crac !, mais je n'ai rien dit, il n'était pas question que, dans cet hôtel de luxe, on m'accuse et que mon père doive payer un drap neuf.

– Papa !

– Quoi ? a-t-il répondu depuis la salle de bains.

– Tu te souviens d'Arturo Román, celui qui faisait l'agneau avec moi dans la Crèche Vivante, cette année, tu sais, celui qui bêlait tellement fort qu'on ne m'entendait pas bêler moi ni les autres personnages de la crèche, tu te souviens ?

– Oui, oui, l'autre petit agneau.

– Eh ben, figure-toi qu'Arturo Román ne dit jamais zizi.

– Ah bon, et qu'est-ce qu'il dit ?

J'avais tellement envie de rire que je ne pouvais pas parler, j'ouvrais la bouche pour prononcer le mot mais il n'en sortait qu'un pet ou un ronflement.

J'ai eu encore plus envie de rire lorsque j'ai dit le mot. Je disais « pénis », et j'éclatais de rire, chaque fois que je prononçais « pénis », je riais... Après je ne me souviens plus de rien, c'est la dernière chose que j'ai dite.

Je n'ai pas vu mon père sortir de la salle de bains et éteindre la lumière ni se mettre dans le lit et dire bonne nuit. Dans mon fou rire, avec mon gros orteil coincé dans le trou du drap de cet hôtel de luxe, je l'ai entendu qui riait dans la salle de bains et puis je me suis endormi. J'étais sûr que c'était la meilleure nuit de ma vie sur la Planète.

Un cerf était en train de se détacher du tableau superréaliste, il avait déjà la moitié du corps sorti et s'apprêtait à me marcher sur la tête avec sa patte. De mon lit, ses cornes me paraissaient tellement grandes que j'avais l'impression qu'elles allaient toucher le plafond.

– Grand-père !

C'est moi qui ai crié comme ça, j'étais assis sur le lit, et je transpirais jusque sur les verres de mes lunettes ; il s'en fallait de peu pour que je sois le premier enfant au monde à avoir un infarctus du myocarde. Je ne savais pas où j'étais. J'ai regardé autour de moi et j'ai eu encore plus peur en voyant les cornes du cerf se découper sur le mur. Mais non, c'étaient les ombres qui venaient de la fenêtre. Dehors, dans la rue, une lumière s'éteignait et s'allumait. Ah oui, le CHOHUÍ avec le petit oiseau sur le palmier. J'ai regardé le tableau, les cerfs étaient toujours à leur place. J'allais me retourner pour me rendormir quand j'ai commencé à mieux voir dans la chambre et je me suis rendu compte que le lit de mon père était vide et même pas défait. J'ai eu un peu peur, c'est vrai. Je ne suis pas de ces enfants qui aiment rester seuls la nuit dans des hôtels de luxe. J'ai vérifié que personne n'avait coupé le fil du téléphone. Il n'était pas coupé, la tonalité était toujours là. Tu penseras que je suis un peu nerveux, mais avoue que la situation dans laquelle je me trouvais ressemblait à un film d'épouvante : un enfant se réveille et se retrouve seul dans un hôtel près d'une route, il veut appeler pour demander de l'aide et le téléphone ne fonctionne pas. Cet enfant, cher ami, est en danger. Nous l'avons déjà vu dans de nombreux films.

Je me suis levé pour regarder par la fenêtre. Je voulais savoir si Manolito (celui sur roues) était toujours là. Il fallait que je m'assure que mon père, l'homme qui riait dans la salle de bains, ne m'avait pas abandonné pour partir acheter des cigarettes. Heureusement, Manolito était toujours garé au même endroit, mais il devait avoir besoin de moi car il allumait et éteignait ses phares comme je le lui avais dit. J'ai frotté mes lunettes au cas où j'aurais été en train de faire un autre rêve. Mais non, je ne rêvais pas. Mon père était en train de sortir le carton que lui avait donné le chef du magasin. Alicia s'est approchée du camion et mon père le lui a remis. Puis ils ont marché tous les deux ensemble et se sont assis sur un banc. Apparemment mon père avait décidé d'offrir le détergent à Alicia pour tout ce qu'elle avait fait pour moi, et aussi parce que ma mère lui avait dit : « Tu me rapportes encore du détergent et je te le balance à la figure. » En me souvenant de ma mère, je me suis souvenu aussi qu'elle m'avait répété mille fois que je ne devais pas laisser mon père se coucher tard. Un camionneur copilote ne peut pas abandonner une mission que lui ont confiée ses supérieurs, je me suis donc armé de courage, j'ai mis les chaussons que mon père avait posés sur le rebord de la fenêtre (non pas à cause du père Noël mais de l'odeur) et je suis parti le chercher.

Le couloir était très obscur ainsi que l'escalier. On entendait des ronflements qui venaient des chambres, j'avais les cheveux dressés sur la tête tellement j'avais peur. J'avais l'impression qu'à tout moment une main criminelle pouvait m'agresser dans le dos. La seule chose visible de temps en temps, c'étaient les yeux des animaux empaillés qu'Alicia avait mis pour décorer. Certains pendaient du plafond, c'étaient les plus terrifiants, il y avait un vautour supercharognard et un hibou qui me regardait avec ses yeux grands ouverts descendre les escaliers. Il y en avait d'autres, des écureuils et des chats, sur des étagères contre le mur, parmi des trophées. Les chats avaient appartenu à Alicia, je l'ai su après par mon père. Elle les avait tellement aimés qu'elle avait appris à les empailler afin de conserver pour toujours leur portrait vivant. Je me suis souvenu de ça il n'y a pas longtemps et je l'ai raconté à mon grand-père, car il est toujours à nous rabâcher son histoire qu'il ne lui reste plus que deux années à vivre et qu'il veut qu'on disperse une moitié de ses cendres devant la porte du bar du Tropezón et l'autre moitié devant le bar *La Pava de Mota del Cuervo*, parce que, d'après lui, ç'a été les deux lieux saints de sa vie, je lui ai donc dit que peut-être nous pourrions demander à Alicia qu'elle l'empaille pour le mettre une moitié de l'année assis à une table du Tropezón et l'autre moitié à la Pava. Mon grand-père m'a répondu que nous pouvions faire ce que nous voulions mais que lui préférait être en poussière, qu'il avait horreur des animaux empaillés car on leur met des yeux en verre et tu as toujours l'impression qu'ils te regardent. M. Ézéchiel a beaucoup aimé cette idée, il a dit que ça pourrait attirer la clientèle, que peut-être des gens viendraient du monde entier pour se prendre en photo avec le premier grand-père empaillé de l'histoire. Il a dit à mon grand-père :

– Nicolas, je t'installerai dans le coin devant la télé, à ta place habituelle, avec ton calva en hiver et ton ballon de rouge quand il fera chaud. Tu verras comment tu seras bien. Par contre, si tes deux petits-enfants se mettent à vouloir disperser tes cendres devant ma porte, tu sais que tous les matins je balaye et que je jette tout au parc du Pendu, j'aime que l'entrée brille comme un miroir.

C'est vrai que les animaux empaillés te suivent partout des yeux, car j'ai remarqué qu'ils ne m'ont pas quitté de l'œil jusqu'à ce que j'arrive au bar, qui était plongé dans l'obscurité. Lorsque je les ai laissés derrière moi, j'ai mis ma main sur ma nuque au cas où l'un

de ces oiseaux charognards me saute à la tête et me picore le cerveau. Mais une peur encore plus grande m'attendait : quand j'ai ouvert la porte du bar pour sortir de l'hôtel, quelqu'un qui se cachait dans l'ombre m'a parlé. Au début, je n'arrivais pas à voir qui c'était, mais quand soudain la syllabe HUÍ s'est allumée, j'ai aperçu son visage. C'était Marcial, illuminé par le HUÍ rouge et par l'oiseau perché sur le palmier vert, encore plus terrifiant qu'à la lumière du jour. J'ai sursauté en reconnaissant son visage et il m'a dit :

– Comme le monde est petit, Manolito.

Je me suis mis à marcher vers mon père. Derrière moi, j'ai entendu la voix toujours plus lointaine de Marcial :

– Laisse ton papa tranquille, il ne partira pas, laisse-le vivre...

Mon père et Alicia me tournaient le dos et ils ne m'ont donc pas vu arriver. Alicia riait d'un truc que lui racontait mon père. J'ai eu l'impression qu'il parlait d'un enfant qui ne voulait pas se déshabiller pour prendre sa douche. J'ai commencé à marcher tout doucement pour qu'ils n'entendent pas mes pas et, lorsque je suis arrivé tout près de mon père, j'ai mis mes mains sur ses yeux. Il a sursauté et a enlevé mes mains.

– Mais, qu'est-ce que tu fais là, Manolito ?

– Je dormais mais j'ai eu un cauchemar et, en plus, quand je me suis réveillé, tu n'étais pas là.

– Je prenais un peu l'air.

– Il faut que tu montes, maman m'a dit de ne pas te laisser te coucher trop tard.

J'ai regardé Alicia pour qu'elle comprenne.

– Il faut qu'il dorme.

– Allez, au lit, on a dit. Alicia, merci beaucoup pour tout.

Elle nous regardait avec le carton dans les mains.

– Moi je sais ce qu'il y a dans ce carton.

– Ah oui ? m'a-t-elle dit.

– Oui, c'est un cadeau pour ma mère, mais ma mère n'en veut pas. Ça commence par un D et ça se termine par un T.

– Un diamant ? a demandé Alicia, en riant.

– Non, un diamant cela plairait bien à ma mère. Le diamant est éternel tandis que ça, ça s'use.

Lorsque nous sommes entrés dans l'hôtel, Marcial a dit à mon père :

– Fais attention à ce que tu fais, Manolo, cet enfant a été envoyé là pour te surveiller.

Mon père a répondu à Marcial que cet enfant (moi) avait raison, qu'il était l'heure de fermer l'œil. Quand nous sommes repassés devant les animaux, je les ai montrés à mon père et, je ne sais pas pourquoi, ils ne m'ont pas semblé aussi effrayants. Avant de m'endormir, je lui ai demandé qui était cet enfant qui voulait rester habillé sous la douche et dont il avait parlé à Alicia. Mon père m'a répondu :

– Tu ne le connais pas, c'est le fils d'un ami.

– Et cet enfant ne veut pas se déshabiller pour aller sous la douche ?

– Dors, Manolito.

Je me suis endormi pour la deuxième fois de la nuit

en pensant que mon père avait des amis superbizarres. Pour ça, il me ressemblait : Grandes Oreilles aux traumatismes et oreilles gigantesques, Paquito Medina aux deux nombrils, Mélody Martínez et ses parents en prison, Yihad le frimeur, Susana avec ses culottes sales... qu'est-ce qu'ils sont bizarres !

J'ai été réveillé par l'odeur de mousse à raser de mon père et par son visage tout près du mien. Il m'a dit qu'il n'avait pas voulu me réveiller, qu'il était sept heures du matin, que je continue de dormir, et qu'il viendrait me chercher tout à l'heure pour prendre le petit déjeuner avec Alicia. Il m'a fait deux bisous qui sentaient fort et je suis resté au lit sans dormir. Par la fenêtre, j'ai vu Manolito qui s'en allait avec Manolo à bord et pleins de camions qui passaient devant *Le Chohuí*. Comme je m'ennuyais, je suis allé dans la salle de bains et je me suis mis de la mousse à raser avec le blaireau de mon père et je me suis regardé dans la glace, mais au bout d'un moment je me suis encore ennuyé car je ne veux plus toucher à un rasoir depuis que, l'année dernière chez Grandes Oreilles, nous avons essayé de voir ce que ça faisait de se raser, et comme nous ne trouvions aucun poil, nous nous sommes enlevé un sourcil chacun. En fait, nous n'avions pas pensé que la différence entre avoir un sourcil ou deux se remarquerait autant. Ma mère m'a privé toute une semaine de sortie au parc du Pendu, j'ai été puni et sans sourcil. Les jours où il y avait école, je me mettais un sparadrap au-dessus de l'œil pour que personne ne le remarque. La mère de Grandes Oreilles lui a peint avec un crayon marron un sourcil artificiel, on aurait dit un clown de cirque. A la fin, tout le monde s'est rendu compte que nous n'avions plus qu'un sourcil et ma m'dame a emmené Grandes'O chez la psychologue pour s'être automutilé et elle m'a dit que si je continuais mes bêtises, il m'arriverait la même chose qu'à des amies à elle, qui s'étaient enlevé les sourcils pour être belles mais que maintenant ils ne repoussaient plus.

– Imagine-les aujourd'hui, en train de goûter chaque après-midi à la cafétéria, les sourcils peints comme des petites vieilles, tu ne vas pas me dire que c'est pas honteux.

Je me suis imaginé en vieux au Tropezón, en train de goûter sans sourcil et j'ai eu soudain tellement peur que j'ai décidé de ne plus retoucher cet engin tant que ma moustache ne toucherait pas le sol.

Après avoir enlevé le savon, je me suis habillé et je suis descendu pour aller manger. Le hibou, le vautour, les écureuils et les chats m'ont regardé descendre les escaliers. Alicia m'a dit :

– Qui voilà, tu es bien matinal !

Et elle m'a aidé à m'asseoir sur un tabouret du bar. Il n'y avait pas non plus de Chocapics au *Chohuí*. Je me suis souvenu du Bêta et j'ai pensé que, avec un peu de chance, il devait s'ennuyer autant que moi. Quand on s'ennuie, ce que l'on désire c'est que son frère, même s'il est au fin fond de la Terre, s'ennuie autant que soi. Et après on va dire que je n'aime pas mon frère. Alicia

m'a apporté le petit déjeuner, mais je n'ai pas regardé ce qu'il y avait, car ce n'était pas très facile de savoir ce qu'Alicia mettait dans ton assiette, tu avais presque toujours les yeux scotchés sur son décolleté qui montait et descendait. Et je ne le faisais pas exprès, non pas du tout, c'était inévitable. Il devait arriver la même chose à l'homme qui prenait son petit déjeuner à côté de moi en m'asphyxiant avec son cigare. Je le sais car Alicia a tapé le comptoir avec sa main et a dit :

– Stop, ici on mange, on ne reste pas planté comme un idiot à regarder mon décolleté. Attention !

Nous avons fait tous les deux un petit bond sur notre tabouret. Et je me suis mis à regarder mon petit déjeuner, le visage tout rouge.

– Non, amour, m'a dit Alicia, je ne dis pas ça pour toi.

J'ai alors vu ce qu'il y avait à manger : deux tranches

de pain grillées et la boîte de margarine pour que je mette ce que je voulais. Je m'en suis mis une demi-barquette et j'ai tout mangé pour que mon père ne dise pas après que je suis un péquenot. Ensuite, j'ai commencé à avoir envie de dépenser l'argent que je portais dans ma banane, et qui n'avait pas bougé depuis la veille puisque je n'avais pas été avec mon père dans des endroits où j'aurais pu le dépenser. J'ai demandé à Alicia si je pouvais dépenser de l'argent au *Chohuí* et elle m'a répondu que pour moi le bar était gratuit. La seule chose qui m'est venue à l'idée c'est de téléphoner, et j'ai donc mis trois pièces pour appeler ma mère. Elle a tout de suite décroché et m'a demandé s'il s'était passé quelque chose depuis hier. Je lui ai répondu que non, que je m'étais douché, que j'avais dormi et que, lorsque je m'étais réveillé, mon père n'était pas dans la chambre, que j'avais eu une de ces peurs, que j'avais cru mourir, mais que je l'avais vu par la fenêtre en train de donner le carton avec le détergent à la femme blonde de l'hôtel *Le Chohuí*, que cette femme blonde était très gentille avec moi et que cette femme blonde m'avait fait des saucisses moins belles que celles qu'elle me faisait, mais bien meilleures. Ma mère, je ne sais pas pourquoi, a commencé à devenir nerveuse, elle m'a demandé si mon père était retourné dans la chambre avec moi, comment s'appelait cette femme blonde puis elle a voulu parler à mon père... Je lui ai dit qu'il était parti et qu'il m'avait laissé avec la femme. Ma mère est devenue encore plus nerveuse, j'ai dû lui raconter encore une fois l'histoire du carton offert à la femme blonde, et elle m'a demandé si j'étais sûr que c'était bien du détergent. Je lui ai répété ce qu'elle avait dit : « Ce doit être un diamant. » Moi toute cette conversation ne me plaisait pas du tout car il y a des fois où ma mère se fait des films de superfemmepolicière, et tu ne sais pas pour quel délit elle t'interroge, je lui ai dit que la communication allait couper et la dernière chose qu'elle a dite ç'a été :

– Dis à ton père qu'il m'appelle dès qu'il arrive.

J'ai raccroché le téléphone et je suis allé au bar. Je sentais que j'allais me faire engueuler mais je ne savais pas pourquoi. J'ai voulu commander un verre et oublier, mais je me suis souvenu de l'odeur de l'alcool le matin dans la bouche des gens et l'envie m'est passée. Alicia m'a apporté un jus de fruits sans même que je le lui demande.

– Mon père va se fâcher contre moi, tu vas voir.

– Et pourquoi, zozotin ?

– Je ne sais pas encore pourquoi, mais tu vas voir.

Je suis resté là à l'attendre. Il est arrivé très tôt, il a souri dès qu'il est entré. Je lui ai annoncé la mauvaise nouvelle avant même qu'il ne s'approche, afin de m'en débarrasser au plus vite. J'ai juste eu besoin de lui dire :

– J'ai appelé maman.

Son visage a changé et un second interrogatoire a commencé, celui qu'il m'a fait lui : il m'a demandé de lui dire tout ce que j'avais raconté à ma mère, puis il a respiré profondément et il s'est dirigé vers le téléphone. Je lui ai dit :

– J'ai des pièces de monnaie, si tu veux...

Mais il n'a même pas fait attention à moi. Il a parlé longtemps avec elle, des fois il écoutait d'autres fois il donnait des explications en faisant de grands mouvements avec la main, enfin il a raccroché. Il avait l'air fâché. Lorsqu'il est revenu au bar, il m'a dit :

– Voilà, tu es content de toi ? Tu as pris la tête à ta mère. Marcial a raison : tu es un espion.

Et il a ajouté :

– Allez hop, en route, j'ai beaucoup de travail.

Je suis sorti en courant sans dire au revoir à Alicia et j'ai attendu devant la porte du camion.

Nous sommes montés à l'intérieur et tout le temps que nous avons roulé, nous sommes restés sans rien dire. Nous sommes arrivés devant un Continent, c'était une copie parfaite, absolument parfaite de celui qu'il y a dans mon quartier, une pure imitation, et mon père s'est garé et est descendu. J'allais moi aussi descendre mais il m'a dit de ne pas bouger, et de ne descendre sous aucun prétexte et qu'il prenait les clés. Il m'a répété que je ne devais descendre sous aucun prétexte. Je lui ai répondu :

– D'accord, papa, j'attache tout de suite ma ceinture de sécurité pour ne pas bouger.

Et aussitôt dit aussitôt fait.

Du camion, je voyais un homme en train de vendre des choses par terre, devant la porte du Continent. J'ai alors pensé que, si j'achetais quelque chose à mon père, il ne serait peut-être plus fâché contre moi car je ne savais toujours pas pourquoi il était comme ça. Comme je ne pouvais pas descendre du camion, j'ai crié à l'homme-vendeur :

– Hé, là-bas !

L'homme s'est mis à regarder dans toutes les directions jusqu'à ce qu'il aperçoive ma main, qui lui faisait des signes depuis la vitre du camion.

– Qu'est-ce que tu veux ?

– Savoir ce que tu vends.

– Viens ici et tu verras.

– Mais je ne peux pas descendre. Mon père me l'a interdit.

– Eh bien, désolé, a répondu l'homme, qui a continué à fumer son cigare et à crier qu'il avait des titis et des porte-clés.

– Je veux t'acheter quelque chose, je ne mens pas, c'est vrai.

– C'est un cadeau pour qui ?

– Pour mon père.
– Et qu'est-ce qu'il aime ton père ?
– Les retransmissions sportives.
– J'ai pas de ça. Un porte-clés du Valencia ou du Barcelona, ça n'irait pas ?
– Mon père est supporter du Real Madrid.
– Ah, j'ai tout vendu hier. Tu ne veux pas une ventouse pour le pare-brise ? J'ai un très beau Neptune et une Petite Sirène.
– Combien coûte le Neptune ?
– Vingt le Neptune et la Petite Sirène, je te la fais à quinze parce que c'est la dernière.
– C'est pour les filles la Petite Sirène.
– Pas du tout. Les camionneurs préfèrent la Petite Sirène au Neptune, sache-le, mon garçon.
– Apporte-la-moi que je la voie.
– Je te l'apporte si tu me l'achètes, si tu ne me l'achètes pas, je ne me déplace pas.

En fait, je me suis dit que, si elle ne me plaisait pas, mais pas du tout, je la donnerais à Mélody Martínez, car je l'ai à mes pieds, elle aime tout ce que je lui offre, et quand les filles sont à tes pieds tu peux leur apporter un bouquet de chardons, pas de problème ça marche. J'ai dit à l'homme que c'était bon, je la lui achetais, et l'homme est venu jusqu'au camion. Il avait une moustache qui lui descendait dans le cou, une chemise à fleurs grande ouverte et des lunettes de soleil qui t'empêchaient de voir ses yeux, et tout le temps que je lui ai parlé je me suis vu dedans. Le type a passé le bras entier par la vitre et m'a montré sa Petite Sirène.

Soudain, cet homme avec tout son bras entier dans le camion et sa grande moustache m'a filé un de ces blues.

– Mon père a emporté les clés pour que personne ne puisse voler le camion, bonne idée, non ?

Je crois que le type m'a regardé fixement, quoique je n'en sois pas sûr car je ne voyais pas ses yeux.

– Très bonne idée, oui, tout en agitant la Petite Sirène. Vingt balles. Cette Petite Sirène est la meilleure, les autres sur le marché, tu leur soulèves les cheveux et elles sont plates, alors que celle que je te vends a un truc en plus, elle a des seins sous sa chevelure.

L'homme sans yeux a levé la coiffure de la Petite Sirène et ses mamelons sont apparus. Je lui ai donné ses vingt balles. Il n'avait pas encore sorti son bras que j'ai commencé à remonter la vitre, et c'est tout juste s'il n'a pas été coincé.

– Eh, mecton, un peu plus et je n'avais plus de main.

Il est parti sans dire au revoir, j'ai mis un peu de salive sur la ventouse et je l'ai collée sur le pare-brise. La Petite Sirène est restée accrochée. C'est vrai, elle était bien mieux que le Neptune. Elle était très belle.

Mon père est sorti en courant de Continent et est monté dans le camion. Il m'a regardé un instant et m'a dit que nous retournions au *Chohuí*, que nous allions déjeuner et qu'après manger, nous irions à Carabanchel, qu'il avait décidé que son travail était terminé, qu'il ne pouvait pas travailler en étant toujours obligé de me surveiller. Mais je ne faisais pas très attention à ce qu'il me disait, il me faisait rire car il n'avait pas remarqué que la Petite Sirène bougeait de gauche à droite avec les mouvements du camion, et ça me faisait rire qu'il ne se rende pas compte.

– Bon sang, qu'est-ce que tu as ? Ça ne me fait pas tellement rire, moi, de devoir retourner à Madrid, avec tout le travail qui me reste à faire et l'argent que je vais perdre.

J'ai continué à rire. Je lui ai montré la Petite Sirène en lui faisant un signe avec mes sourcils. Mon père l'a vue.

– C'est un cadeau, lui ai-je dit. Pour toi.

– Je t'avais pourtant dit de ne pas descendre du camion !

– Je ne suis pas descendu. J'ai appelé le gars et il est venu jusqu'au camion. Ç'a été une vente à domicile. Elle jette, non ?

Mon père a quitté la route des yeux et l'a regardée.

– Oui, oui, elle jette, a-t-il répondu en souriant.

– Il y avait aussi un Neptune, mais les camionneurs préfèrent de loin la Petite Sirène. En plus, celle-là tu lui lèves la chevelure et elle n'est pas plate comme certaines. Regarde, en dessous de ses cheveux, elle a des petits seins.

Mon père s'est mis alors à rire très fort. Il l'a regardée plusieurs fois.

– A qui elle ressemble ? Cette petite sirène me rappelle quelqu'un.

– Je ne sais pas... Ah, si, elle ressemble un peu à Alicia.

Ç'a été la meilleure idée que je pouvais avoir car la

colère mystérieuse de mon père a disparu et il m'a dit quelque chose qui m'a rendu très, très nerveux : lui aussi avait quelque chose pour moi mais il ne me le donnerait qu'après sa dernière livraison, en retournant à Madrid. J'ai eu beau lui poser des questions, je n'ai rien pu en tirer. Mon père est un homme très dur.

Voici maintenant le dernier chapitre ; chaque fois que je le raconte je suis très nerveux, et mon grand-père me dit toujours : « Ne t'embrouille pas, car le moment le plus bouleversant de l'histoire est arrivé. » Je m'embrouille car j'ai les cheveux qui se dressent sur la tête rien qu'en m'en souvenant. Cela dit, pour ce chapitre comme pour les autres, il me faudra commencer par le commencement des temps. Donc au commencement mon père a encore fait deux ou trois arrêts pour livrer ses dernières marchandises, et nous sommes retournés au *Chohuí* pour manger. Devant, il y avait au moins cinq camions garés en file indienne qu'un type était en train de laver. Mon père avait changé de tête depuis qu'il avait décidé que nous retournerions cet après-midi à Madrid, il était beaucoup plus content et il m'a dit que nous nous arrêterions à Cuenca acheter à ma mère une belle petite chose pour qu'elle ne se fâche pas pour des bêtises. Il m'a pris dans ses bras pour que j'ouvre la porte du restaurant *Le Chohuí* avec la tête, comme dans les saloons du Far West. Deux collègues de mon père, ceux-là mêmes qui s'étaient plaints la veille au soir, lui ont demandé si devant cet enfant (moi), on pouvait jouer à la belote, et mon père a répondu que bien sûr mais que, respect, je n'étais pas n'importe quel enfant mais son camionneur-copilote. Dans la table du coin se trouvait Marcial qui nous a salués en levant sa fourchette car il avait la bouche pleine.

Nous nous sommes assis et Alicia nous a apporté une grosse assiette de viande et de tomates et, bien que ce n'était pas de la marque qu'utilisait ma mère, il y avait dedans des lardons, j'ai tout mangé et j'ai fait ensuite au moins vingt-cinq mouillettes. Les deux collègues de mon père se sont assis un moment avec nous et l'un d'eux m'a versé un peu de vin dans ma limonade.

– Bravo, a dit mon père, dès qu'il va rentrer, il va tout raconter à sa mère.

– Ce n'est pas vrai ! ai-je dit, superfâché. Tu me prends toujours pour un cafteur.

– C'était une blague. Bois-le, zozo.

J'avais déjà goûté au vin avec limonade car mon grand-père nous donne toujours au Bêta et à moi un peu de son verre, et puis le soir, quand il prend pour son dessert du vin avec du pain et du sucre, nous attrapons avec notre cuillère un morceau de pain mouillé au vin. Nous devons le faire dans le dos de ma mère car elle dit que laisser les enfants goûter au vin est peut-être une chose très ancienne mais que maintenant si l'Association des parents d'élèves l'apprend, on te met tout de suite en prison. Le parent pas l'enfant. L'enfant, on le met chez les Alcooliques anonymes pour qu'il parle dans un micro devant des personnes qui ont mis eux aussi leur cuillère dans le verre de leur grand-père. J'ai bu mon verre d'un coup car il était très frais et parce que dans cette vie, j'aime tout ce qui a des bulles, y compris les filles qui présentent le champagne tous les ans à Noël. J'ai rempli encore une fois mon verre de limonade et l'autre collègue de mon père m'a fait un geste pour que je ne dise rien à personne et m'a versé un peu de vin.

Alicia a enlevé ce qu'il y avait sur la table et, après avoir nettoyé la toile cirée, a déroulé un tapis vert. Je suis resté les yeux écarquillés quand mon propre père a appelé Marcial et lui a dit :

– Termine, nom de Dieu, on t'attend.

Marcial est arrivé en mâchant avec son verre de vin à la main. Ils jouaient par équipes de deux et Marcial était dans l'équipe ennemie de mon père. Alicia m'a demandé si je voulais l'aider à servir des verres aux joueurs.

– C'est ça, qu'il travaille, les enfants aujourd'hui ne servent plus à rien.

J'ai dû faire au moins dix voyages à la cuisine, un pour chaque verre. Il y en avait à l'anis, au cognac et d'autres à une chose qui s'appelait perroquet.

Avant d'ouvrir la porte de la cuisine, je buvais une petite gorgée dans chaque verre pour voir quel goût ça avait. La porte était une de celles qui s'ouvrent en poussant et, après avoir sorti le deuxième verre, j'ai décidé de l'ouvrir avec la tête, comme j'avais fait avec mon père quand nous étions entrés dans le restaurant.

Au début, ça me faisait trop rire d'ouvrir si bien la porte avec la tête et je riais aussi parce que, chaque fois que j'allais mettre un verre sur la table, je regardais les cartes de Marcial et je disais à l'oreille de mon père ce qu'il avait dans son jeu. Mais, à un moment, Marcial s'en est rendu compte, il a donné un coup de poing sur la table et a dit :

– Manolo, cet enfant est infernal. Il te souffle tout depuis le début.

– Écoute, Marcial, ne te fâche pas, c'est des trucs de gosse.

– Tu m'enlèves cet enfant de mon dos ou tu ne me revois plus, tu sais que moi avec les jeux je ne plaisante pas. Débarrasse-moi de cet enfant ou je me tire.

Mon père m'a dit de m'asseoir à la table d'à côté et d'attendre, le temps que la partie se termine. C'est en m'asseyant que j'ai compris que ma mère ne devait jamais apprendre que j'étais un enfant un peu ivrogne. Mon père ne s'en était pas rendu compte et je commençais à avoir tellement sommeil que j'avais l'impression que ma tête allait tomber par terre, je me suis appuyé contre la table et j'ai fermé les yeux, mais en fermant les yeux le sol du *Chohuí* s'est mis à bouger comme le pont d'un bateau. En me voyant étalé sur la table, mon père m'a dit :

– Va dans le camion faire une sieste. Allez, fiston, va, quand tu te réveilleras nous serons déjà à la maison.

Je ne sais pas comment personne ne s'est rendu compte que j'étais obligé de mettre les mains sur les tables pour marcher droit. Je suis sorti sous le porche et il m'a semblé entendre Alicia qui disait derrière moi :

– Tu ne me dis pas au revoir, Manolito ?

Mais je ne savais pas si c'était vrai ou si c'était dans mon imagination. La lumière du soleil me faisait très mal aux yeux, aussi je suis parti en courant vers le camion, qui se trouvait dans la même file que les autres et, lorsque j'ai ouvert la porte, j'avais déjà les yeux fermés car je n'avais plus qu'une envie : m'allonger et dormir. Et c'est ce que j'ai fait. Je me suis allongé et, avant de m'endormir, j'ai pensé que si je n'avais pas eu autant sommeil j'aurais vomi encore une fois, j'ai pensé que jamais plus je ne goûterais le pain trempé dans le vin de mon grand-père, jamais je ne reboirais dans les verres des joueurs, jamais je ne reprendrais du vin et de la limonade, jamais, car le camion lui aussi bougeait comme si c'était un bateau.

Quand je me suis réveillé, le bateau continuait de bouger, mais cette fois-ci le camion était en train de rouler. J'avais la langue collée contre la partie supérieure de la bouche, j'avais très soif et j'avais mal à la tête. Quelques jours après, mon grand-père m'a dit :

– Tu avais la gueule de bois.

Quelle honte pour un enfant.

Mon père avait mis la radio superfort et j'ai eu envie de me lever pour lui dire de baisser car la musique me donnait des coups dans la tête, mais j'ai refermé les yeux et ensuite ç'a été très bizarre parce que j'ai rêvé mais sans dormir, j'ai rêvé qu'il y avait la même musique dans mon salon et que le Bêta était assis sur un tabouret du meuble-bar avec un rhum-Coca à la main. Sur l'autre tabouret, à côté, il y avait mon grand-père avec son vin rouge. En me voyant entrer, le Bêta me disait :

– Bébé bourré, comme Manolito.

Ma mère pleurait assise sur le sofa et répétait :

– Quel malheur, quel malheur, si petits et déjà bourrés.

Le Bêta n'arrêtait pas de rire. Je m'approchais du meuble-bar et je disais presque en pleurant à mon grand-père :

– Pourquoi l'as-tu laissé boire, grand-père ?

Et le Bêta me répondait :

– Il ne peut pas parler, il est empaillé.

C'était vrai, je touchais mon grand-père et il était sec et creux comme le Tintin qui est sur l'étagère de la chambre de Grandes Oreilles. J'ai ouvert les yeux : ce que j'étais en train de toucher n'était en fait que le siège du camion. A la radio, ils parlaient maintenant de je ne sais quel enfant qui avait disparu, et une voisine de l'enfant, qui ressemblait beaucoup à Louisa, disait au journaliste :

– Disons que ce n'était pas l'enfant parfait, comprenez-moi bien, il avait ses défauts comme tout le monde, moi-même j'en ai, mais mon mari et moi nous l'aimions comme un fils, des fois nous l'aimions même plus que sa mère, imaginez. Il faut dire que la mère est très centrée sur le petit, et lui il se sent un peu exclu, vous comprenez, pas abandonné, seulement elle fait moins attention à lui car, c'est vrai, le mouflet n'est pas toujours facile.

Puis un grand-père, qui était comme mon grand-père, s'est mis à parler, mais on ne le comprenait presque pas parce qu'il pleurait à moitié et n'avait pas de dentier :

– Mon petit-fils... Pour moi, le plus grand.

Ensuite on a entendu des hurlements épouvantables. C'était le Bêta, qui ne se sentait plus.

Enfin, une femme, j'aurais juré que c'était ma mère, s'est mise à parler :

– Cet enfant, tout ce que je pourrais en dire ne serait pas assez, il est bon, il est travailleur. Il a une passion pour moi, il est toujours à dire maman tu veux ci, maman tu veux ça, les autres enfants sont toujours après lui. Ce n'est pas parce que c'est mon fils mais c'est un enfant avec du charisme. Moi, sans mon enfant, je ne sais pas comment je vivrais.

J'avais des larmes qui sortaient de derrière mes lunettes, mais il était évident que cette femme n'était pas ma mère, ma mère n'aurait jamais dit ces choses-là sur moi, il n'y a que le Bêta qui aurait pu. Je me suis levé pour ne plus rêver sans dormir de frères bourrés, de grands-pères empaillés et d'enfants disparus et je suis allé dire à mon père qu'il était méchant et qu'il me donne de l'eau. Il faisait nuit partout. Je ne savais pas combien de temps avait passé, ni combien il restait avant d'arriver chez nous. J'ai posé la main sur l'épaule de mon père et, je ne sais pas pourquoi, cette épaule m'a semblé très bizarre. Le dos aux épaules bizarres a sursauté et la tête qu'il y avait au-dessus s'est retournée. L'homme aux épaules bizarres n'était pas mon père. Il m'a regardé un instant et a poussé un cri au même moment où je criais, la bouche tellement ouverte que j'ai eu mal aux mâchoires pendant plusieurs jours. Cet homme n'était ni plus ni moins que Marcial. Sans s'arrêter de crier, il se retournait vers moi avec des yeux meurtriers, puis regardait la route et faisait des trucs bizarres avec le volant. Cela a duré un long moment, au moins une demi-heure, même si mon père m'a dit après que cela n'avait pas pu durer plus d'une minute. Nous avons fait avec le camion je ne sais combien de cahots dans un endroit qui n'était plus la route et nous nous sommes arrêtés d'un coup. Marcial s'est mis à hurler :

– Mais qu'est-ce que tu fais là, qu'est-ce que tu fais là, petit salopard !

Voilà comment il m'a traité, en toutes lettres, je ne l'ai pas inventé et il ne m'a pas appelé comme ça seulement une fois mais plusieurs, et plus il me le disait et plus j'étais convaincu que Marcial m'avait séquestré et voulait me tuer.

Il criait sans arrêt avec ses mains sur la tête, et disait :

– Ah, mon Dieu, dire que ce petit salopard a failli me tuer..., et d'autres insultes que je ne vais pas écrire sinon je n'en finirais jamais.

Je me suis faufilé par la portière et j'ai couru. Les voitures passaient très vite presque en me frôlant,

aussi j'ai sauté par-dessus la glissière de sécurité et je me suis enfui dans la campagne. Marcial a commencé à me poursuivre et à crier :

– Où tu vas, petit (et le reste) ?

Je l'ai eu sur le dos pendant un bon bout de temps, il me demandait si je voulais le rendre fou, si je voulais le tuer. Et plus je l'entendais dire ça plus j'étais sûr que Marcial était un type dangereux qui ne s'arrêterait pas tant qu'il ne m'aurait pas attrapé par le cou.

Pour la première fois de ma vie, j'ai couru très vite. Au bout d'un long moment, quand je ne l'ai plus entendu crier, j'ai aperçu une petite maison en pierre. Tout était très sombre, mais en faisant le tour complet de la maison, j'ai trouvé la porte. J'ai à peine toqué sur le bois que ça s'est ouvert. Ça sentait très mauvais et il m'a semblé que le sol était en paille. Il m'a semblé entendre autour de moi de nombreuses respirations. Ma bouche tremblait tellement que mes dents faisaient du bruit en s'entrechoquant. J'ai avalé ma salive et j'ai demandé d'une voix très étrange, qui ne ressemblait pas à la mienne :

– Il y a quelqu'un ?

Et soudain, venant de l'obscurité, un concert de voix m'a répondu :

– Bêêêêêêêêêêêêêêêêêêêêêê.

A partir de ce moment, je ne me souviens plus de rien car, d'après ce qu'on m'a raconté plus tard, j'ai dû m'évanouir de peur. Il y a des instants dans la vie où il vaut mieux s'évanouir et celui-ci en était un. A l'évanouissement s'est ajouté le sommeil, et quand je me suis réveillé le jour se levait et il faisait très froid. Il y avait autour de moi une foule de moutons qui ne me quittaient pas des yeux. J'ai pensé qu'il m'arrivait peut-être comme à Mowgli dans *Le Livre de la jungle*, sauf qu'au lieu d'être élevé parmi les loups, les panthères, les ours et les serpents, j'étais élevé parmi les moutons. Je leur ai dit que j'avais fait le mouton dans la Crèche Vivante de mon école, ça me paraissait une bonne carte de visite, surtout si j'allais devoir passer les cinquante prochaines années avec eux. Tout près de moi, j'ai entendu une voix qui disait :

– Voilà le gosse. Les moutons se sont mis à bêler comme des fous hier soir, tellement qu'à la fin je suis venu voir ce qui se passait, et je l'ai trouvé là comme il est maintenant. Je lui ai mis une couverture pour qu'il ne prenne pas froid et je suis parti vous prévenir.

Un visage de policier est apparu juste devant mes lunettes.

– Tu t'appelles Manolito ?

Je lui ai fait oui de la tête et je lui ai demandé :

– Vous allez m'arrêter ?

– Je n'arrête pas les enfants, je les ramène chez eux. Tu veux rentrer chez toi ?

– Ça ne vous dérangerait pas d'arrêter l'homme qui me poursuivait, qui voulait me séquestrer et qui a volé le camion de mon père ? Il s'appelle Marcial.

– Ça y est, je l'ai arrêté. Tu vas le voir, il est sur la route.

– Je préfère ne pas le voir.

– Mais il faut que tu le reconnaisses, pour que je sache si c'est vraiment lui dont tu parles.

Je me suis levé et, avant de quitter la bergerie, j'ai dit au revoir aux moutons et au berger. Sur le chemin du retour, j'ai dit au monsieur policier que j'avais froid et le monsieur policier a enlevé sa veste et me l'a mise sur les épaules. J'ai boutonné le premier bouton, j'avais tout le corps recouvert, on voyait juste mes pieds avec mes chaussures.

– Ça ne vous dérangerait pas de me prêter votre pistolet ?

– Moi, te prêter mon pistolet ? Qu'est-ce que tu racontes ?

Lorsque nous sommes arrivés sur la route, j'ai vu Marcial en train de parler avec l'autre policier, mais je n'ai pas eu l'impression qu'il était arrêté, il n'avait ni menottes ni rien du tout et en plus il fumait une cigarette.

– Voilà le petit ! a dit Marcial en me désignant du doigt.

Devant les policiers, il n'osait pas répéter petit salaud.

J'ai eu soudain envie de repartir en courant et le monsieur policier a dû le remarquer car il a mis sa main très fort sur mon épaule et il m'a fait monter sur la route. Je tirais vers l'arrière et lui tirait vers l'avant. A la fin, voyant qu'il ne me lâchait pas, je suis resté derrière lui et j'ai juste sorti le bras pour montrer Marcial et dire que c'était l'homme qui avait volé le camion de mon père et qui voulait me tuer et que c'était pour ça qu'il m'avait poursuivi dans la campagne et qu'il m'avait insulté et qu'il me disait ce que tout le monde sait.

– Le camion de mon père qu'il dit ce fou. Regarde, petit, regarde bien à qui est ce camion.

J'ai écarté ma tête du policier et j'ai vu écrit en gros sur le pare-brise : « Marcial », et en dessous en petites lettres : « Tu es le meilleur. »

– Le père l'a envoyé faire la sieste parce que le gosse dormait presque sur les tables, et ce déséquilibré se glisse dans mon camion et, en pleine nuit, cet enfant de mes deux se réveille et pose sa main sur mon dos. Nous aurions pu nous tuer tous les deux. (Marcial expliquait l'histoire aux deux policiers comme si j'étais un délinquant et que je l'avais fait exprès.) Je ne vous cacherai pas que, maintenant, oui, j'aurais plutôt envie de le tuer.

Je me suis réfugié à nouveau derrière le policier.

– Ne dites pas ça, ce n'est pas de sa faute à cet enfant.

– Comment ce n'est pas de sa faute ? C'est le genre de gamin qui te cherche parce que tu as une tête qui ne lui revient pas. Je m'en suis rendu compte le premier jour que je l'ai vu.

Marcial est resté là, au milieu de la route, à me maudire, sans que personne fasse vraiment attention à lui. Les policiers m'ont fait monter dans leur Jeep et m'ont dit que mes parents allaient venir me chercher. J'ai demandé aux policiers où j'étais et ils m'ont répondu :

– Attends un peu, tu vas bientôt le savoir.

La Jeep roulait au milieu de champs pleins d'arbres

et d'herbes gigantesques et des rivières coulaient au-dessous de la route. Soudain, sans que je m'y attende, je l'ai vue. Beaucoup plus grande qu'à la télé, elle était très calme et sentait fort. La mer.

La voiture a pris un petit chemin et nous sommes arrivés devant une paillote. Ils m'ont dit que j'étais à Valence et que nous allions attendre mes parents. La plage était pleine de gens qui bronzaient. J'ai demandé aux policiers si je pouvais aller au bord me tremper les pieds. Ils m'ont répondu qu'ils devaient m'accompagner car, tant que mes parents n'étaient pas là, ils ne pouvaient pas me laisser seul.

Je suis arrivé devant la mer avec un policier de chaque côté, comme s'ils m'avaient arrêté. Les gens s'écartaient et s'arrêtaient pour nous regarder, surtout moi, car ils devaient penser que j'étais un enfant qui avait commis un crime tellement grave qu'on ne pouvait pas me laisser une seconde sans surveillance. Les messieurs policiers m'ont demandé si je voulais me baigner mais je leur ai dit que je n'avais pas de maillot.

– Eh bien garde ton slip, qu'est-ce que ça peut faire ? Ici, personne ne fait attention à personne.

Ce n'était pas vrai, tout le monde regardait ce que faisaient ces policiers avec cet enfant arrêté, aussi nous sommes repartis et de nouveau les gens se sont écartés comme si nous étions des extraterrestres. Les policiers sont allés au bar et je me suis assis. Ils m'ont dit de prendre ce que je voulais, et je suis resté là à demander des litres de jus de fruits jusqu'à ce que mes parents arrivent.

Le camion Manolito est enfin arrivé dans le parking. Les portes se sont ouvertes et ma mère s'est jetée de son siège comme une folle. Elle est restée quelques instants agenouillée par terre. Je l'ai vue arriver en courant, on aurait cru que ses bras et ses jambes allaient chacun de leur côté, et elle avait une tête tellement bizarre que je me suis levé avec l'envie de partir en courant car je ne savais pas ce que me voulait cette mère avec cette tête. Je n'ai pas pu m'échapper car elle m'a attrapé avec ses bras, avec ses jambes, avec sa tête, comme si elle était un poulpe, et elle m'a couvert la tête de bisous.

Derrière elle, j'ai aperçu mon grand-père. J'ai senti quelque chose d'humide dans l'oreille : c'était la tétine du Bêta. Ma mère disait :

– Mon chéri, mon chéri, la nuit que nous avons passée !

Mon grand-père disait :

– Mon petit ange.

Et le Bêta disait :

– Laissez bébé avec Manolito.

Le Bêta s'est fait une place et s'est assis sur moi. Derrière eux j'ai vu mon père. Il portait le carton qu'il avait donné à Alicia et, se tournant vers moi, il m'a dit :

– Le détergent, c'était pour toi.

Je n'ai pas bien compris, mais je l'ai ouvert, quoique ç'a été difficile, parce qu'ils étaient tous sur moi. Nous sommes comme ça dans ma famille, nous sommes tellement habitués à vivre dans une maison petite que même si nous sortons dehors, nous continuons à être les uns sur les autres.

Lorsque, enfin, j'ai réussi à ouvrir le carton, je l'ai regardé sans y croire. Mon père savait que, depuis que nous avions vu le film, le Bêta et moi nous passions notre vie à sauter sur les sofas et à nous battre avec des épées invisibles. C'était un déguisement de Zorro ! Je suis entré dans les W.-C. et je suis sorti avec le maillot que m'avait apporté ma mère et le déguisement de Zorro par-dessus. J'étais un Zorro avec un maillot de bain à palmiers. Le Zorro de la Malvarrosa, a dit le patron de la paillote. La Malvarrosa était le nom de la plage où nous étions.

Mon grand-père a retroussé son pantalon et nous a accompagnés jusqu'au bord de la mer. Les gens m'ont encore regardé, mais cette fois ils ne regardaient pas le pauvre enfant criminel, ils regardaient l'authentique Zorro de la Malvarrosa. Mon grand-père a dit que, si j'avais été un peu plus grand, un peu moins gros et sans lunettes, j'aurais ressemblé à Antonio Banderas.

J'ai enlevé mon déguisement pour me baigner et, le Bêta et moi nous nous sommes mis dans l'eau tandis que mon grand-père gardait mon nouvel uniforme de bataille et mes lunettes. Le Bêta a absolument voulu se mettre à poil. C'est un enfant qui n'a aucune pudeur et qui n'en aura jamais. Nous avons fait pipi dans la mer car, d'après Grandes Oreilles, si tu fais pipi dans la mer en faisant un vœu, il se réalise à tous les coups. J'ai fait pipi en fermant les yeux et j'ai fait le vœu de revenir très vite en vacances quinze jours entiers, comme font certains enfants de ma classe. Le Bêta a voulu qu'on lui offre un déguisement de l'Homme-Araignée.

Lorsque nous sommes revenus à la paillote, il y avait une paella sur la table et des musiciens se sont mis à chanter des chansons du genre qui plaisent à mon grand-père. Mon père nous a emmenés le Bêta et moi jusqu'au camion. Il m'a dit :

– Espérons que la prochaine fois tu ne te tromperas pas de camion.

Et il a ouvert la porte de derrière.

– J'aurais dû te le dire, Manolito, le chargement secret était tout simplement des jouets.

En voyant les boîtes, le Bêta et moi nous avons ouvert la bouche et nous avons avalé notre salive à cause de la trop forte émotion.

– Mais on n'y touche pas. Toi, tu as eu ton déguisement de Zorro et voilà celui de ton frère.

Il a pris un paquet dans le tas et l'a donné au Bêta.

– C'est le déguisement de l'Homme-Araignée pour bébé, a dit le Bêta.

Il était tellement sûr de lui en le disant que nous en étions hallucinés. C'était le déguisement de l'Homme-Araignée. Depuis ce jour, je ne sais pas si c'est le Bêta qui a des pouvoirs paranormaux ou si faire un vœu et pipi dans la mer est un truc qui marche à tous les coups. Nous nous sommes alors habillés tous les deux. Dans les mailles de son costume de l'Homme-Araignée, le Bêta ressemblait à un saucisson. Son gros ventre ressortait et mon père a dit qu'au lieu de l'Homme-Araignée on aurait dit l'Homme-Scarabée.

J'ai demandé à mon grand-père si quelqu'un avait parlé de moi à la radio, et il m'a répondu que oui, que tout le monde était passé à la radio, au cas où quelqu'un m'aurait vu et aurait pu donner un indice. Donc c'était bien ma mère qui avait dit que j'étais un enfant comme il n'y en avait pas deux au monde. Je l'ai bien regardée et, soudain, ça m'a semblé étrange que ma mère ait été cette femme à avoir dit qu'elle m'aimait tant. Elle était à côté de mon père, l'air grave, et j'ai remarqué qu'il ne lui fallait pas grand-chose pour qu'elle se mette à pleurer ; mais mon père lui a dit quelque chose à l'oreille et elle a commencé à sourire, à sourire, et à sourire encore, et ils se sont donné un baiser de film muet.

Les musiciens se sont mis à jouer *Campanera*, une vieille chanson que chantait il y a longtemps un vieil enfant, et que mon grand-père m'a apprise la première année où il est venu vivre à Madrid. Mon grand-père a crié aux musiciens :

– Mon petit-fils la connaît !

Et les musiciens ont fait un geste pour que je monte la chanter. Au début, j'étais supergêné mais tout le monde m'a applaudi et encouragé. Chanter *Campanera* en entier aurait été mortel comme une pelle, aussi je me suis mis à combattre sur scène contre des ennemis invisibles avec mon épée, mon masque et ma cape de Zorro.

Mes parents se sont levés, et ils ont dansé ensemble

très serrés. Mon grand-père aussi s'est levé avec l'Homme-Scarabée dans les bras. En les voyant tous là, en train de danser, j'ai ressenti alors quelque chose de bizarre dans la gorge, qui me montait jusqu'aux yeux et, si Zorro avait pu pleurer, j'aurais laissé couler deux larmes qui voulaient s'échapper de mon masque.

FIN

BAR
BAR

ELVIRA LINDO
L'AUTEUR

OÙ ÊTES-VOUS NÉE ?
E.L. A Cadix, en Espagne. Nous avons ensuite déménagé une bonne dizaine de fois, et quand j'ai eu douze ans, nous nous sommes installés à Madrid.

OÙ VIVEZ-VOUS MAINTENANT ?
E.L. Je vis en plein centre de Madrid, près du Paseo de Ricoletos.

ÉCRIVEZ-VOUS CHAQUE JOUR ??
E.L. Oui. Parallèlement à mon travail de speakerine, je rédige aussi des scénarios pour la radio, la télévision et le cinéma. J'ai notamment adapté les aventures de Manolito qui ont été portées à l'écran.

ÊTES-VOUS UN AUTEUR À TEMPS COMPLET ?
E.L. Je vis de ma plume. Mais si la scénariste est obligée de se mettre au travail tous les jours sans se poser trop de questions, l'écrivain, en revanche, a besoin de se sentir en veine. Il y a des jours où je suis satisfaite de ce que j'ai fait, d'autres où je décide de tout effacer.

QU'EST-CE QUI VOUS A INSPIRÉ CETTE SÉRIE ?
E.L. Manolito est une série un peu particulière. Mes parents connaissaient une situation financière bien meilleure que celle de la famille de Manolito. Je ne

suis pas un garçon, ni l'aînée et je n'ai jamais porté de lunettes. Néanmoins, la personne qui ressemble le plus à Manolito, c'est moi.

EST-CE VOTRE PREMIER ROMAN ?

E.L. J'ai écrit une comédie pour le théâtre, ainsi qu'un roman pour adultes : La vie innocente de Ramon Fortuna. J'ai aussi publié les autres tomes de la grande encyclopédie de ma vie dans la collection Folio junior.

QUEL CONSEIL DONNERIEZ-VOUS À UN ÉCRIVAIN DÉBUTANT ?

E.L. Écrire, lire et vivre. Les meilleures histoires que j'ai lues parlent de la vie quotidienne des gens. Parfois, dans la rue, j'entends un fragment de conversation qui m'apparaît comme un grand roman. Dans ces moments-là, j'aimerais devenir invisible et m'asseoir pour écouter l'histoire jusqu'au bout. Le lecteur, c'est cet individu qui s'assoit pour écouter la vie des autres. Le meilleur conseil que je puisse donner à un écrivain débutant, c'est de vivre les yeux grands ouverts. Ainsi, il ne sera jamais à court d'histoires magnifiques, la seule chose dont il aura besoin, c'est l'envie et le désir de les raconter.

EMILIO URBERUAGA

L'ILLUSTRATEUR

OÙ ÊTES-VOUS NÉ ?

E.U. Je suis né en 1954, à Madrid, un mois d'août. Je crois qu'il faisait très chaud. J'ai eu une enfance merveilleuse que je n'oublie jamais.

POUVEZ-VOUS DÉCRIRE L'ENDROIT OÙ VOUS TRAVAILLEZ ?

E.U. C'est un séjour avec deux grandes tables, une pour dessiner, l'autre pour peindre. Je suis entouré de pinceaux, de crayons, de livres et de plein d'autres bricoles. Il y a aussi deux fenêtres par où rentre la lumière, les odeurs, les sons et où vient se poser un petit oiseau qui regarde perplexe comment je gagne ma vie.

ÊTES-VOUS UN ILLUSTRATEUR À TEMPS COMPLET ?

E.U. « Complétissime », je dirais.

QUAND AVEZ-VOUS COMMENCÉ À ÊTRE ILLUSTRATEUR ?

E.U. J'étais mauvais élève et j'ai commencé à travailler à quatorze ans, d'abord comme commis dans une galerie de tableaux, puis dans une banque, ensuite comme coursier, vendeur, estampeur dans un atelier de gravure et finalement comme illustrateur. j'ai beaucoup de chance car j'adore mon métier.

COMMENT AVEZ-VOUS ILLUSTRÉ CE LIVRE ?
E.U. En ce qui concerne la technique, avec une plume et de la gouache, mais aussi avec toute la tendresse que ma tête est capable de transmettre à ma main.

EST-CE VOTRE PREMIER LIVRE ?
E.U. Non, ce n'est pas le premier. Je crois que j'ai dépassé la trentaine. J'ai illustré toutes les aventures de Manolito.

QUE FAITES-VOUS QUAND VOUS N'ILLUSTREZ PAS ?
E.U. J'écoute du jazz. J'adore aussi perdre mon temps et faire des balades nocturnes en ville, avec ma femme, mes filles et mon chien.

QUEL CONSEIL DONNERIEZ-VOUS À UN ILLUSTRATEUR DÉBUTANT ?
E.U. Qu'il ne cesse d'être débutant, qu'il entreprenne toujours un travail comme si c'était la première fois et qu'il regarde, qu'il regarde tout ce qui l'entoure.

Retrouvez **Manolito**
dans la collection FOLIO **JUNIOR**

MANOLITO
n° 814

Je m'appelle Manolito, dit le Binoclard. J'ai un défaut, je parle sans arrêt. Un jour, ma mère m'a emmené chez Mme Espéranza, la psychologue de mon école. Et je lui ai raconté ma vie : mon grand-père qui est génial même s'il ronfle ; ce traître de Grandes Oreilles, mon meilleur ami ; Paquito Medina, l'extra-terrestre ; ce crâneur de Yihad ; mon petit frère que j'appelle le Bêta, que je veux devenir roi et que je hais mon duffle-coat... Mme Espé a eu l'air de trouver ça normal. Elle n'a peut-être pas assez écouté...

SUPER MANOLITO
n° 900

Voici le deuxième volume de la grande encyclopédie de ma vie. Je vais te dire un truc : j'ai huit ans et demi et déjà, ma vie ne tient pas sur 357 pages. Il m'est arrivé tellement de choses ces derniers mois que j'ai eu du mal à faire le tri. Bon voilà, je commence : avec Yihad et Grandes oreilles, mes grands copains, nous avons formé la bande des Pieds Sales ; j'ai aussi coupé les cheveux du Bêta, mon cher petit frère, qui s'est mis à ressembler à un moine tibétain ; j'ai participé à un concours d'œuvres d'art avec des ordures ; M'dame Asuncion m'a collé un zéro en maths mais ça, je n'ai pas encore osé le dire.

LES SECRETS DE MANOLITO
n° 1026

Manolito, dit le Binoclard, a enfin décidé de révéler des secrets qu'il n'a encore jamais osé dire à personne. Par exemple, il est terriblement jaloux du Bêta, son petit frère, il a peur de Yihad, le bastonneur de la classe, et un jour, il a même eu honte de son père. Il rêve d'avoir un chien et la mystérieuse Mélody Martinez est amoureuse de lui. Vous verrez d'ailleurs que, dans la famille de Manolito et dans sa classe, tout le monde a des choses à cacher.

BONNES VACANCES, MANOLITO
n° 1074

« Cet été, je suis resté chez moi pendant que tous mes copains m'envoyaient des cartes postales. J'ai failli devenir le meilleur nageur du monde mondial. Le Bêta, lui, a manqué de se noyer. Nous avons eu la visite de la fiancée norvégienne de mon oncle Nicolas et, au bal musette, mon grand-père a perdu son dentier. Moutarde est devenu mon nouvel ami et ceux qui liront ce livre seront moins bronzés que Grandes Oreilles, mais je leur promets qu'ils vont passer de bonnes vacances ! »

Et si vous aimez les histoires **d'humour**
vous pouvez lire les titres suivants parus
dans la collection FOLIO **JUNIOR**

LE CLUB DES INVENTEURS

Jean-Philippe Arrou-Vignod
n° 1083

La dernière lubie de P.P. Cul-Vert ? Présenter un prototype de sa fabrication au grand concours du Club des Inventeurs, qui rassemble les génies les plus créatifs de notre planète ! Mais l'ennemi rôde, bien décidé à s'emparer de cette mystérieuse invention. Pour la protéger, une seule solution : engager ses amis comme gardes du corps… La sixième aventure de P.P. Cul-Vert et ses amis. En fin de volume vous sont révélés les carnets secrets de P.P. Cul-vert : codes secrets, recettes extravagantes, conseils de cuisine, tests fantaisistes…

L'OMELETTE AU SUCRE

Jean-Philippe Arrou-Vignod
n° 1007

Ils sont cinq garçons, bientôt six. Cinq, c'est beaucoup, surtout quand on a un père trop étourdi pour retenir le prénom de ses enfants. La solution ? Les classer par ordre alphabétique, du plus grand au plus petit. Il y a Jean-A, Jean-B, Jean-C, Jean-D, Jean-E, et un petit à naître. Et si c'était une fille ?

Le petit Nicolas

Sempé/Goscinny
n° 940

Savez-vous qui est le petit garçon le plus malin et le plus tendre aussi ? A l'école ou en famille, il a toujours de bonnes idées et cela ne lui réussit pas toujours. Vous l'avez tous reconnu. C'est le petit Nicolas ! La maîtresse est inquiète, le photographe s'éponge le front, les mamans ont mauvaise mine, quant à l'inspecteur, il est reparti aussi vite qu'il était venu. Pourtant, Geoffroy, Agnan, Eudes, Rufus, Clotaire, Maixent, Alceste, Joachim... et le petit Nicolas sont – presque – toujours sages.

Les terribles triplés

Dick King-Smith
n° 878

Le jour de son anniversaire, Mme Gray la souris perd son mari, dévoré par un chat. Du défunt, il ne lui reste que des triplés auxquels elle vient tout juste de donner naissance : Thomas, Richard et Henri. Madame Gray, veuve pour la troisième fois, jure de ne jamais se remarier et d'entraîner le trio à toutes sortes d'exercices pour mener une lutte sans merci à Wallace et Bertha, les deux chats de la ferme du Verger. L'opération « Chat dehors » est lancée !

ZAZIE DANS LE MÉTRO

Raymond Queneau
n° 1000

Zazie débarque à Paris pour la première fois chez son tonton Gabriel. Le Panthéon, les Invalides et le tombeau du véritable Napoléon, elle s'en contrefiche. Mais kess-qui l'intéresse alors, Zazie, à part les bloudjinnzes ? Le métro. Et quand elle apprend que les ouvriers sont en grève, elle leur envoie une volée d'injures. C'est qu'il vaut mieux pas la contrarier, la mouflette !

LE MACHIN-BIDULE

Paul Jennings
n° 872

Mon premier tient dans le creux d'une main ; mon deuxième émet des drôles de bip avant de provoquer une catastrophe ; mon troisième ne lâche jamais sa victime. Mon tout est une petite boule aux pouvoirs bien étranges : quel est donc cet objet bizarre ? Le machin-bidule évidemment ! Et si Stéphane s'était douté des conséquences de son geste, il aurait écouté sa conscience avant de voler ce fichu machin.

MATILDA

Roald Dahl
n° 744

Avant même d'avoir cinq ans, Matilda sait lire et écrire, connaît tout Dickens, a dévoré Kipling et

Steinbeck. Pourtant, sa vie est loin d'être facile entre une mère indifférente, passionnée de loto et de télévision, et un père d'une franche malhonnêteté. Sans oublier mademoiselle Legourdin, la directrice de l'école, personnage redoutable qui voue à tous les enfants une haine implacable.

Conception de mise en page : Maryline Gatepaille

Loi n°49-956 du 16 juillet 1949
sur les publications destinées à la jeunesse
ISBN 2-07-054572-5
Numéro d'édition : 98891
Numéro d'impression : 55615
Dépôt légal : juin 2001
Imprimé en France sur les presses de la Société Nouvelle Firmin-Didot